U0937624

陳舜臣

陈舜臣随笔集

弥缝录

——中国名言集

〔日〕陈舜臣 著

张建伟 译

中国画报出版社·北京

图书在版编目（CIP）数据

弥缝录：中国名言集 /（日）陈舜臣著；张建伟译
. -- 北京：中国画报出版社，2021.1
（陈舜臣随笔集）
ISBN 978-7-5146-1986-7

Ⅰ. ①弥… Ⅱ. ①陈… ②张… Ⅲ. ①随笔—作品集
—日本—现代 Ⅳ. ①I313.65

中国版本图书馆CIP数据核字(2020)第251074号

弥缝录——中国名言集
[日]陈舜臣 著　张建伟 译

出 版 人：于九涛
审　　校：崔学森
责任编辑：李聚慧
营销主管：穆　爽
责任印制：焦　洋

出版发行：中国画报出版社
地　　址：中国北京市海淀区车公庄西路33号　邮编：100048
发 行 部：010-68469781　010-68414683（传真）
总编室兼传真：010-88417359　版权部：010-88417359

开　　本：32开（787mm×1092mm）
印　　张：10
字　　数：160千字
版　　次：2021年1月第1版　2021年1月第1次印刷
印　　刷：北京洲际印刷有限责任公司
书　　号：ISBN 978-7-5146-1986-7
定　　价：68.00元

目录

弥缝

“弥”与“缝”都表示“缝合”之意，二字合在一起，表示“缝补、修补”，但这个词的语感不怎么好，给人一种一时之敷衍、粉饰的感觉。通常在野党议员在议会发言时爱用此词，常常用来攻击政府走过场式的施政。

平清盛[1]身穿铠甲，见儿子重盛前来，慌忙套上僧衣，想要蒙混过关。可是，慌忙中用手抓紧的衣领处却隐约露出了里面的铠甲。这就是“弥缝”的一个例子。

“弥缝”一词出自《左传》，且在该书中出现多次。第一次出现在《左传·桓公五年》。周天子欲讨伐没有朝贡的郑庄公。那是公元前707年发生的事情。

在这场战争中，最终天子军队大败。郑军摆下了“鱼丽

1　平清盛（1118—1181），平安时代末期权臣，日本历史上首个军事独裁者，也是武家政权的鼻祖。重盛为平清盛长子。——译者注

阵”（鱼鳞阵）。

《左传》中记载：“先偏后伍，伍承弥缝。”“偏”是指二十五乘（四匹马拉的一台战车为一乘）的战车队，“伍”相当于一个分队的步兵。此句指用步兵弥补战车之间的缝隙。

所谓“鱼丽阵”，很像鱼店门前摆得满满的大大小小的鱼。换言之，此阵严丝合缝、密密麻麻，犹如蚂蚁集体出洞。如果这是“弥缝”的话，那它绝不是一时之敷衍，而应说是极其周密、毫无遗漏、极为慎重、精彩巧妙的布阵。

不放过一丝一毫，每一处都要补牢，就是弥缝。这样看来，不漏一处，全都记录下来的“备忘”，与“弥缝”不仅日语发音相似，在内涵方面也非常相似。

尽管有生搬硬套之嫌，但笔者还是模仿“备忘录”一词，将此书命名为“弥缝录”。《春秋》这部编年史，据传为孔子所编著，言简意赅，如无注释，则无法理解。这部著作有左氏、公羊氏、谷梁氏三人写的注释。“弥缝”一词在左氏的注释中出现了多次。

作家都有自己偏爱的词语，不知不觉中会多次使用，我也有过那样的经历。好像左氏偏爱“弥缝”一词，《左传·信公二十六年》和《左传·昭公二年》，都使用了这个词。左氏也就是左丘明，《史记》作者司马迁的文章里写道，左氏因失明而发奋图强，开始著书。大概左氏觉得自己的眼睛被缝合起来了，故而爱用“弥缝”一词吧。俗称“盲史”的左丘明与孔子是同一时代的，他有另一部著作，叫《国语》。

空中楼阁

虚构的事物或不现实的理论被称为“空中楼阁”，它并非出自中国的“四书五经”，至少在宋代以前的古典著作中没有出现过。可以说它是成语中的“新人”。

话虽如此，但它也不是从英语“a castle in the air”翻译过来的，它没有那么新。

因光线折射而产生的海市蜃楼现象从古就有。撰写于公元前 1 世纪的《史记》中就有“海旁蜃气象楼台”，当地人称此现象为“海市”。

“蜃”即“蛤蜊”。相传一入秋，黄雀便飞入大海变身为蛤蜊，开春又变身黄雀飞回天空。如此循环往复，五百年后黄雀最终定居大海，成为了蛤蜊。蛤蜊中大的叫“蜃”，小的叫“蛤”。我们平常食用的就是小的蛤蜊——蛤。

古时候人们认为大蛤蜊（即“蜃”）同老狸、老狐一样具有非凡能力，相信蜃吐出来的气会在空中画出楼台轮廓，因此称之为“蜃气楼”。

在日本，蛤蜊一词听起来带有艳情色彩。世上好色之人很多，但联想的脉络却大同小异。日本流传着童话“蛤蜊夫人”（“蛤蜊草纸”），传说蛤蜊化身美女，嫁给了放生自己之人，让夫家过上了富裕生活。日本人认为蛤蜊有提升夫妻生活幸福感的特殊能力，而中国人认为蛤蜊可以在空中描绘出美丽的楼阁。

清乾隆时期，杂学大家浙江人翟灏在其书中写道：“今称言行虚构者，空中楼阁用此事。”由此便知，在18世纪的中国就把它作为“夸夸其谈，说大话”之意使用。提起“言行虚构者”，最为贴切的就是小说家了，如此说来我们这些小说家的守护神就是大蛤蜊——蜃。

清朝有一部非常著名的戏曲叫《桃花扇》，其中有一句“余则仍视为太虚浮云，空中楼阁云尔”。此句是缅怀明末受苦离世的人们，说他们此刻住在天上金碧辉煌的楼阁里。他们绝不是“言行虚构者”。虽然词完全一样，但是所表达的意思却截然不同。

据说在中国山东蓬莱岛（登州）一带总会出现海市蜃楼的现象。一旦出现一种奇怪的现象，人们就会相信更多不可思议的现象。此地很早就出现很多空中楼阁式的人物——方士，这些人炼造仙丹，求成仙之道，行祈祷加持之术。跟秦始皇说“东海有个神仙岛，岛上有长生不老药”，“骗取航海经费”的徐福就是这个地方的人。

另外，“沙上楼阁”一词跟“空中楼阁”相似，但此楼犹如卡片之城，看着虽然壮丽，却如同无根的浮萍一样脆弱。而且“沙上楼阁”没有出处。我觉得它和杜甫《暮春》一诗中的“沙上草阁”（“沙上草阁柳新暗，城边野池莲欲红”）相似，或许是由“沙上草阁”一词演化而来的吧。

酒为百药之长

公元 9 年，王莽篡汉称帝。他和耶稣是同一时代的。用现在的话来讲，他很喜欢装腔作势。他本是西汉皇室的外戚，辅佐幼帝刘婴，临朝听政，但不久就篡汉自立。即位后，他手握六岁废帝说："我本想奉还大政，但天命难违，不得已而即帝位。"说完潸然泪下。即便抢夺天子之位，也要如此惺惺作态，真是虚伪之人啊。

王莽在位期间，把盐、酒、铁全部收为国有，禁止私人买卖。本可以名正言顺地说国家需要财源，偏要装模作样。他在颁布专卖的诏书中写道："夫盐，食肴之将；酒，百药之长，嘉会之好；铁，田农之本。"

但细读此句就会发现，盐和铁分别说了一句，而酒却说了两句。"百药之长"意思是药物中最有效之药，"嘉会之好"意思是与宴集相称之物。

“因为是好东西，所以归为国有。”话里话外都透露着这种意思。

盐和铁都只说了一句，却特意给酒找了两条借口。

颂酒赞酒之人不止王莽一个，隐居田园的陶渊明（365—427）也是极度爱酒之人。

提起陶渊明，最有名的当数他写下“田园将芜胡不归”后就辞去县令归隐故里的事儿了。他的诗现存130余首，据某位热心人统计，几乎半数作品都提到了酒，其中最有名的赞酒诗句是“酒能祛百虑”。

酒能驱除各种忧虑。陶渊明的这句诗和日本古典歌谣中的“酒是排忧所”异曲同工。

“百药”和“百虑”，都用“百”这个数词来称赞酒，这点也很风趣。

“百虑”即“百忧”，是旧的惯用语，在公元前8世纪的《诗经》中出现过。“我生之后，逢此百罹（忧）”（出自先秦的《国风·王风·兔爰》），有前半生安稳和平、后半生战乱不断之意。

写下大量赞酒诗句的陶渊明把酒称为“忘忧物”。

酒，排忧解虑之物。但从出处来看，“百药之长”是辩解之词。就我个人而言，我更喜欢“酒是忘忧物”这种说法。

言多令事败

有一段时间，不管是小说还是电视剧，都流行较长的名字。这本书里偶尔也会介绍较长的词语。

“言多令事败”意思是话说多了就会导致事情失败。译成日语显得有些冗长，但原文很简洁，只有五个字。

东汉末期（公元2世纪末到3世纪初），孔子的第二十世孙——孔融在朝廷身居要职，相传他是一位话多之人。

《三国志》中记载，当时曹操已经手握天下实权，某年他颁布了禁酒令，而孔融反对禁酒。

两汉四百余年，最杰出的皇帝是汉武帝，关于他的出生，有一个很有名的传闻。某晚，汉武帝的父亲汉景帝喝得酩酊大醉，借着醉酒宠幸了自己不太喜欢的妃子。于是，这位妃子便生下了汉武帝。

“景帝非醉幸唐姬，无以开复兴。”孔融如此盛赞酒的功德。

其时年饥兵兴，曹操为筹措军粮愁眉不展。即便不酿酒，粮食也不够。如果五谷还用来酿酒的话，征集军粮便难上加难。于是曹操下令禁酒。

“我一心想收集军粮啊！”明明实话实说就可以解决的事，可曹操偏偏不这么做。他修书一封给孔融，写道：“不少政事和当政者败在酒上，故必须禁酒。”

曹操说“酒乃亡国之物”，但是这句话并没有王莽的“酒为百药之长”那么流行，因为当时好酒者远远多于不饮酒之人吧。

孔融又写信反驳道：“昨承训答，陈二代之祸，及众人之败，以酒亡者，实如来诲。虽然，徐偃王行仁义而亡，今令不绝仁义；燕哙以让失社稷，今令不禁谦退；鲁因儒而损，今令不弃文学；夏、商亦以妇人失天下，今令不断婚姻。而将酒独急者，疑但惜谷耳，非以亡王为戒也！”

不消说，这是孔融的一贯风格。年少时，他就被称为天才，但太中大夫陈炜告诫他说：“小时了了，大未必佳。”孔融应声道：“想君小时，必当了了。”孔融又多言了。羞辱太中大夫陈炜没什么，但是侮慢掌握天下生杀大权的曹操，后果可就严重了。

曹操列出多条理由，逮捕了孔融，处以死刑。被斩首前，孔融写下了临终诗，首句就是“言多令事败”。的确如此啊！

洛阳纸贵

左思，字太冲。据史书记载，他“貌寝，口讷，不好交游，唯以闲居为事”。其父曾对友人说：“思所晓解，不及我少时。”于是，左思开始发奋图强。

公元 3 世纪末到公元 4 世纪初，也就是西晋时期，有一个和左思同时期的文人，叫潘岳。他长相英俊，年少时手持弹弓走在洛阳大街上，姑娘们就会围上前去，兴奋不已。

然而，左思效仿潘岳走在路上时，却遭到了妇人们的唾弃。真是天壤之别啊！受到如此打击，终日宅在家中也是理所当然的。那么，他在家中做什么呢？埋头苦读，专心著述。

当时人们很爱读东汉班固（32—92）写的《两都赋》和张衡（78—139）的《二京赋》。比较描写西汉都城长安和东汉都城洛阳的作品，长安太过华美，而洛阳更适合做都城。另外，张衡的《二京赋》中，包含了对世间流行奢侈之风的警示。

左思向这两位前辈发起了挑战。当时，晋朝吞并了魏、蜀、吴三国，实现了短暂的统一。于是，他想写一篇《三都赋》，比较三国的国都。

然而，左思只了解魏国首都邺（河南省安阳县），对吴国首都建业（南京）和蜀国首都成都一无所知。其因没有游历机会，只能想办法向熟知这两个地方的人打听。若一直宅在家中，恐怕无法实现，于是左思想要入朝为官。恰逢其妹左芬（此女也非常有文采）在后宫被晋封贵妃，于是他借此机会进宫担任秘书郎。

他并非因见闻丰富而去写书，而是为了写书而增长自己的见识。家中到处都摆放着笔和纸，每想到一句精彩的句子，就马上记录下来，十分专注。就这样花了十年工夫，终于写成了《三都赋》，但是最初这篇赋并没有得到关注。

左思把自己的作品呈给皇甫谧看。此人虽未做官，但一生以著述为业，作为文人逸士，备受世人敬仰。皇甫谧看过《三都赋》后，大为赞叹，并亲自为其作序。此外，当时首屈一指的学者、司空（古代官名）张华读后赞叹道："班张之流也。使读之者尽而有余，久而更新。"

此外，张载、刘达、卫权等当时有名的文人接连为此赋作序、注疏，左思和他的《三都赋》一下子名声大噪。

那时还没有印刷技术，只能用笔誊写。为了抄写《三都赋》，人们争先恐后地购买纸张。蔡伦发明纸张还不到二百年，那时无法大批量生产，纸张价格昂贵。竞相传抄造成纸张供不应求，价格飞涨。

《晋书》中记载“洛阳为之纸贵”。

后来人们就用“洛阳纸贵”来称誉风行一时、受到普遍欢迎的好文章。

当读者对未知的作品表示出迟疑之时，学界名家的序言和推荐的影响力是巨大的。可以说，《三都赋》是3世纪最成功的文学作品策划推介案例。

屋下架屋

在表达习惯上，日语和汉语有一些差异，如汉语中说“一日三秋”，而日语中说“一日千秋”。“一日三秋”来源明确，最早出自《诗经》，而“一日千秋”是夸大的说法，在中国古典文献中找不到用例。日本人不喜欢汉语那种“白发三千丈”式的夸张表达，但为什么却爱用来历不明的“一日千秋”呢？据我分析，大概是“千秋乐”[1]这个词语发挥着强大的影响力吧，日本民众因戏剧、相扑运动非常喜爱这个词。

相似的例子还有汉语的“屋下架屋”一词，日语里被改为“屋上架屋”。这大概和发音有关。日语里，跟“屋下”（okuka或者okka）相比，确实“屋上”（okujyou）更容易发音。

1　在日本，“千秋乐”通常指舞台剧或演唱会的最后一场，多用于舞台剧。追溯到江户时代则是用于歌舞伎和相扑表演。——译者注公元4世纪，也就是东晋时代，有一个叫庾仲初的二流文人。建都洛阳的西晋在公元316年灭亡，部分皇室向南逃亡，在南京（建业）建立东晋。前面提到的那位二流文人写了一篇《扬都赋》，赞美新的国都。“扬都”是南京的别称。

作品必须要宣传，庾仲初因左思和他的《三都赋》明白了这点。为了“提高南京的纸价”，庾仲初请求当时担任宰相的亲戚庾亮为其宣传，宰相拍了拍胸脯说“好”，于是逢人便推荐《扬都赋》，说：“可三《二京》，四《三都》。”

描写都城风貌的美文，有班固的《两都赋》、张衡的《二京赋》，也有“抬高洛阳纸价”的左思的《三都赋》。庾亮盛赞庾仲初的《扬都赋》可以和这些名篇媲美，与《二京赋》并列为三，与《三都赋》并列为四。

对此谢安严厉批评说：“不得尔，此是屋下架屋耳，事事拟学，而不免俭狭。”（《世说新语·文学第四》）意思是《杨都赋》远远不及班固、张衡、左思这些大文豪的文章，只是重复模仿别人，内容贫乏，视野狭窄，了无新意。

如果是这种语气的话，那么应该不是“屋上建屋”，而必须是“屋下建屋”。房屋之上搭建房屋，虽然是多此一举，但是屋顶高起，看着如同瞭望塔一般，抑或屋顶内部留有空间，可以住人。因此，从外观来看，屋上建屋有时也是能接受的。奈良药师寺安装有雨搭的塔，看起来就像屋上架屋，但很有美感。

6世纪的《颜氏家训》中，用“犹屋下架屋，床上施床耳”来形容魏晋以后的学问彼此相互模仿、无所创新，就像在房屋之下架设房屋，床上加床，重复而累赘。

名噪一时的《扬都赋》如昙花一现，转瞬即逝。不论宰相如何宣传，只落得一个反面教材的恶名而已。

好像中国没有安装雨搭的建筑，屋上架屋是日本特有的建筑吧。

趋人之危

前些日子，小说家开高健氏打来电话，说在看一本关于钓鱼的英文书时，读到一句中国的谚语——“如果你想要一个小时的幸福，就去喝酒；如果你想要一天的幸福，就去结婚；如果你想要八天的幸福，就去杀猪；如果你想要永远的幸福，就去钓鱼。”这句谚语出自哪里，他拜托我查一查。我仔细查找了一番，但丝毫没有线索。恐怕汉语里并没有这句谚语，是英国的某位钓鱼人在自己的书中谎称这句是“中国的谚语”，以此来提高自己观点的权威性。毕竟“中国的谚语”是五千年智慧的结晶，为了加强观点的权威性，贴上这样的标签是最明智的选择。

有一句谚语“君子不近危”，这句在中国的古典文献中找不到出处，或许只是流传下来的一句俗语，而且在汉语中也不怎么使用。但是，这句谚语在日语中使用频率却很高，或许这一句原本就出自日语，在《广辞苑》中可以查到，但在诸桥先生编撰的《大汉和》中并没有收录。

成语“趋人之危”，出处明确，出自《吴子兵法》，但意思和上面那句正好相反。

原文是“用兵必须审敌虚实而趋其危”。意思是用兵必须查明敌人的虚实而冲击其弱点。“危”与“安”相反，对敌人来说，“安”是防守完备，而“危”是防守薄弱之处。因此，“趋人之危”的意思是“攻击敌人弱点”，这是一般常识。

“君子不近危”和“有钱人不争吵”的意思基本相同，但“君子”一词的格调远高于“有钱人”，所以大家喜欢使用这个词吧。

“折角”与“折槛”

“折角”与“折槛”就像是孪生兄弟一样，第一个字都是“折”字，都出自《汉书》，典故的主人公都是朱云。而且，这两个词在日语中的使用频率都很高，但用法又都和原意大相径庭。如此完全相似的两个词简直是凤毛麟角。

朱云，字游，原居鲁地（山东省），西汉末年人，汉元帝到汉成帝时在朝为官。这两位皇帝在位期间是公元前 49 年至公元前 7 年，因此朱云与基督耶稣基本是同时代的人。朱云，身形高大，勇猛有力，喜欢结交侠客，威望很高。不惑之年顿悟，开始钻研学问。师从博士白子友学习《易经》，从此声名鹊起，文武两道都很尊重他。汉元帝喜好《易经》之学，当时朝廷中有一位易学大家叫五鹿充宗。

“五鹿”是姓，在中国姓氏中，王、李、张、陈等单姓占绝大多数，也有少数复姓，如诸葛、司马、欧阳等。“五鹿”就是一个复姓。

五鹿充宗得皇帝宠信，在易学辩论中，无人能及。实则诸儒惧怕，不敢与之抗论。这时有人推荐朱云，这位侠客学者，天不怕地不怕。尽管对手是皇帝的宠臣，但是他丝毫不惧怕。他昂首论难，驳得五鹿充宗无言以对。平日里对五鹿充宗的傲慢充满愤懑的诸儒心中大悦，为他编了一句词儿：“五鹿岳岳，朱云折其角。”（《汉书·朱云传》）

由复姓五鹿，可联想到鹿，而高高的鹿角被朱云折断了。“折角”意为“当头一棒，挫其傲气”。难得有如此典故，而日语中的“折角”却没有此意。

朱云是不知妥协的硬骨头，汉元帝时被诬入狱，判了减死为城旦[1]的刑罚。

汉成帝时，曾担任帝师的张禹被任命为丞相。西汉后期，外戚干政，宦官专权，政局混乱，为抑制外戚和宦官，需要一位有能力的丞相。然而，张禹无能，只想明哲保身，不谋其政。

朱云无比愤慨，上书请求面圣，对汉成帝说：“当斩佞臣张禹。”成帝大怒，说：“小臣居下讪上，廷辱师傅，罪死不

1　服五年兵役，夜里筑长城，白天防敌寇站岗。——译者注

赦。”（《汉书·朱云传》）

御史奉命推朱云下殿，欲斩之。朱云死死抓住御殿栏槛不放，继续谏言。因其力大，栏槛竟被折断。这就是“折槛”。最后经大臣劝解，朱云死罪得免。

修槛时，成帝命保留折槛原貌，以表彰直谏之臣。后世历朝历代修建宫殿时，殿槛正中一处独不施栏杆，谓之折槛。汉语里“折槛”表示直言极谏，而日语里一般用来表示上对下的责备、责打。

君子远庖厨

日语里有个词叫“蟑螂亭主”，是对走入厨房，在厨房里转来转去的丈夫的昵称。有的丈夫在厨房里指手划脚、指导烹饪。有的丈夫焦急难耐，亲自操刀下厨，甚至有的连食材都自己去采购。而重症的“蟑螂亭主”会购买自己专用的菜刀、锅。

我认为，产生此现象的原因有三：

第一是女性烹饪水平下降。

第二是男性因公司业务等品尝美食的机会增加，逐渐对家庭料理产生不满。

第三是生存价值的多样化。为国家、为社会、为他人、为公司、为家人、为出人头地……生存的价值呈现出多样化。与这些不同，享受生活本身这种想法也越来越强烈，为美食而生的人越来越多。

庖厨，厨房之意。古时候，有一位名厨，姓庖，名丁，他的典故收录在《庄子》中。原本是人名的“庖丁”，到日语里变成了“菜刀”之意。

“庖”，原本是一种烹饪方法。据记载，一千多年前的周朝，去除猪的内脏，塞入大枣，用芦苇编织的袋子把猪裹上，涂上黏土，放在火上烤，如此来制作烤猪。包裹后用火烤，现在称作“炮”，大概和“庖”字有关吧。

字的探讨暂且不谈，“君子远庖厨”这一古训出自《礼记》和《孟子》。

男人不能进厨房！男人不能把精力浪费在做饭上！下厨烹饪这样的活儿应该交给女性！——“君子远庖厨”常常被这样曲解。厨房是宰杀禽畜之地，禽畜被宰杀时会发出悲鸣。君子听到哀叫声，会不忍心吃其肉，所以要远离厨房。

“闻其声，不忍食其肉。是以君子远庖厨也。”

君子之所以远离庖厨，是因为不想听到禽畜的悲鸣。为什么不想听呢？因为听到悲鸣，就无法下咽了。那么，结论是什么呢？

——君子想吃肉。

如果可怜禽畜，不吃便罢。可是，君子终究还是想吃。

筒井康隆[1]先生在院子里养着兔子。兔子和老鼠是近亲，繁殖能力很强。

“老陈，您吃兔肉吗？”

“嗯，我不嫌弃兔肉。”

“那把我家养的兔子送给您，您吃了吧！”

“我不吃！”

筒井先生是一位君子，他不忍心吃自家养的兔子。我也有几分君子之风，朋友家饲养的兔子，我是无法下咽的。

1　日本著名科幻小说家。——译者注

赏不逾日

名言未必都有出处。很多成语并非出自古典，而是诞生于百姓智慧，不知不觉间流传至今。当然有的成语在古籍中虽有记载，但因古籍亡佚，最后造成了出典不详。

在中国，很多古籍因战乱或其他变故而遗失。历代史书中都有“艺文志”一项，即当时主要图书典籍汇编成的目录，根据“艺文志”就可知失传古籍的书名。

因邪马台国争论而闻名的《魏志倭人传》，原本是参考《魏略》一书而写的，但是关键的《魏略》早已亡佚。如果在某地发现此书，那么许多问题便迎刃而解了。其实，发现失传的古籍，这种可能性是存在的。例如，1972 年 4 月，在山东省临沂县银雀山的古墓中，出土了《孙膑兵法》竹简。

据《史记》记载，春秋战国时期有两位姓孙的兵法家，一位是吴国孙武，一位是齐国孙膑。然而，只有吴国孙武的著作作为“孙子兵法”流传至今。时隔两千多年，《孙膑兵法》重见天日。为了便于区分，把新出土的兵法称为《孙膑兵法》。遗憾的是，《孙膑兵法》残简较多，只辨识出部分内容。其中，“将德”篇中有这样一句：“赏不逾日，罚不还面。”

意思是对部下的赏罚要及时。如果部下立功了，当天就要奖赏。如果过一日再奖赏，那么就错过了良机，用现在的话说就是“败兴”了。

长官考虑了一整天才奖赏我，原来我立下的功劳只是这种程度的啊！……得到奖赏的部下也许会这样想吧。那么，难得的奖赏，也就不那么宝贵了。

惩罚，也要及时。“不还面”，也就是当面立刻处罚，如“监禁1个月”，而非转过脸，思考一番后再处罚。

前半句“赏不逾日”，我赞成，但后半句“罚不还面”，我未必认同。因为，被处罚之人或许也有什么要申辩的吧。“不还面”，即不听其申辩而处罚。假如宣判死刑并执行，即使过后查明是冤枉的，也无法挽回了。而奖赏是可以收回的，比如赏赐的爵位或领地。

赞成前半句，反对后半句，我的态度有点模棱两可。像这样含有对偶的成语，有时是存在陷阱的。对偶句形式工整，使人容易错误认为前后同等重要。其实，这也是庙会摊贩常用的手法，大家要小心提防，以免花冤枉钱。

用之如土芥

前文提到了西汉古墓中出土的《孙膑兵法》，该竹简在地下埋藏两千年后重见天日。刚出土的竹简极易氧化腐烂，文物考古工作者清理后，把竹简一根一根装入大玻璃试管内密封保存。因为是玻璃试管，所以完全不影响阅读。

但是，毕竟经历了两千年，许多残简已经无法辨识，令人遗憾。但正因为这样，所以也获得了推理的乐趣。

《孙膑兵法·将德》中有这样几句："……赤子，爱之若狡童，敬之若严师，用之若土芥，将军……"（此处的省略号不表示省略，而是表示该部分内容无法解读）

"赤子"之前和"将军"之后的内容无从知晓，掐头去尾的话，就是"爱之若狡童，敬之若严师，用之若土芥"。

"之"，大概是指部下，也就是士兵吧。

"狡童"字面的意思是"狡猾的儿童"，其实这个词出自

《诗经》。《诗经》注释中的解释是“容貌美丽但不诚实的少年”，因此“狡童”指的是美少年——善良、幼稚的少年。

爱上不诚实的人，会很心累。尽管如此，因爱恋其美貌，对对方仍一往情深。而且，是女子爱恋美少年，这点更加深了爱的悲伤吧。如同爱上用情不专的美少年，将领即使悲伤也要全身心地爱护自己的部下。

仅仅爱护是不够的，还要尊敬部下。孙膑的生卒年不详，但从他是齐威王（公元前357—320年在位）的军师这点来看，他应该是公元前4世纪的人。那时的师徒关系是非常严格的，可以说师父是绝对的权威。而孙膑提出要把士兵当作严师一般尊敬。

得到那般敬爱，部下才能为将领舍身弃命。那么，一旦爆发战争，将领又该如何做呢？此时部下已经甘愿牺牲自己了。

将领要“用之若土芥”，就像毫不怜惜地把泥土和草芥丢弃到水中一般。

这样是不是太残酷了？但是，战争本身就是残酷的，将领为了取胜，必须进行残酷竞争。为了战场上能够像扔土芥一般地舍弃部下性命，将领平日里要敬爱部下。否则，即使下令冲锋陷阵，部下也会临阵脱逃的。

两千年后，《孙膑兵法》重见天日，如今被保存在玻璃试管中，其内容着实不一般。

“赤子”二字前有几个字无法辨识，我猜是“养之若赤子”，抑或不是“养”，是“慈”，“慈之若赤子”。而末尾“将军”二字后面，大概是身为将领既要慈悲又要冷酷无情之类的结语吧。

四面楚歌

春秋战国长期分裂，之后秦一统天下。秦始皇驾崩后，中国又陷入了战乱。各地豪杰蜂起，最终形成汉王刘邦与楚霸王项羽对决之势。这场二分天下的对决，史称“楚汉之争”，最终，公元前202年，汉王刘邦获胜。

如果楚霸王项羽获胜，那么现在所谓的汉语、汉族、汉字，就应该是楚语、楚族、楚字了吧。其实，楚汉之争初期，楚占据优势，而汉王刘邦一直节节败退。然而，最终取胜的才是真正的胜者。

项羽及其部下被追至垓下（今安徽省灵璧县境内），在垓下修筑了营垒。夜里将垓下团团围住的汉军军营中唱起了楚地的民歌。楚是项羽故乡，其手下大多来自楚地。然而楚地兵士大多已经降服于汉，汉军中传来楚地民歌就是证据。

最信赖的部下，已经投敌。这不得不认为已经是山穷水尽了。就连极端自信的楚霸王项羽也已经四面楚歌，斗志全无了。

成语“四面楚歌”出自这个典故，形容进退维谷，连一线希望都没有的境地。

为何骁勇善战的项羽最后会失败呢?

与秦交战时，项羽曾下令活埋二十万秦军降兵。即便是自己的部下，项羽也很残暴，他曾处决说话不当的部下。部下将士皆惧怕他，虽惧怕，但心中不服。因此，同乡部下倒戈，在敌营中高唱楚歌，这是必然的。

在垓下城内，项羽和爱妃虞姬饮了离别酒，酒后悲歌慷慨:“力拔山兮气盖世，时不利兮骓不逝。骓不逝兮可奈何，虞兮虞兮奈若何！”

力大能拔山，英雄气概举世无双，然而时运不济，骓马也不再往前闯。爱妃虞姬呀，一世英雄的我却不知如何妥善安置你……项羽眼泪一道道流下来。

《史记》中，分别酒宴只写到此处，而其他书中，后面还写了虞美人自刎而亡。

项羽率部下壮士八百余人骑马逃出垓下城，汉军在后紧追不舍。逃至东城时，部下只剩下 28 人，而汉军追兵有数千人。

“吾起兵至今八岁矣，身七十余战，所当者破，所击者服，未尝败北，遂霸有天下。然今卒困于此，此天之亡我，非战之罪也。”（《史记·项羽本纪》）血战之后，项羽自刎而死，自刎前他说了这番话。

楚霸王项羽之所以战败，完全是他的无德所致，然而他丝毫没有反省，怨时势，怪战马，最后怨恨天命。他是个不懂反省之人，否则也就不会陷入四面楚歌的境地了。

柳眉倒竖

柳眉，形似柳叶、细长秀美之眉，形容美人。

白居易的《长恨歌》中有这样几句："归来池苑皆依旧，太液芙蓉未央柳。芙蓉如面柳如眉，对此如何不泪垂。"失去杨贵妃的唐玄宗看见太液池中的芙蓉（莲花），想起贵妃的脸，看见未央宫的柳树，想起贵妃的眉，见花见柳潸然泪下。

"柳眉"，给人以温柔、秀美之感，然而注定要与"倒竖"连用。不知从何时起，当我们听到"柳眉"时，就会条件反射般地想起"倒竖"，而且这种推想几乎不会落空。

柳树，亦称"杨柳"，但"柳"是垂柳，枝条柔软下垂，而"杨"是河柳，枝条向上，高大挺拔，充满阳刚之气，例如白杨。

在中国，不同时期，不同地区，道路两旁栽种的树木也不同。战国时期，有"因影响行军，砍倒路旁栗树"的记载，说明那时栽种栗树作为行道树，大概是为了替代粮食备荒吧。秦朝曾栽种过青松、槐树。但最常见的行道树是杨柳。

“折杨柳”在唐诗中经常出现，原本是笛子吹奏的曲调名，究竟是什么样的曲子，现在已经无法再现了，但因为是离别时吹奏的，所以一定是令人悲痛的曲子。唐朝时，送别途中随手折下路旁的杨柳枝，赠与启程之人。因为触手可得，所以应该不是杨树而是柳树。赠与时，把细长的柳枝两端打结，折成一个圆环。

汉语中，“环”和“还”发音相同，把柳枝折成圆环，祈祷踏上旅途之人能平安归来。有一种说法是，西洋的花环就是来自中国的柳枝环。

对中国百姓来说，柳树是随处可见、亲近感十足的一种树。其姿态犹如女性，柔美可爱，送别时“饯行”的习俗也特别优雅。或许是这个缘故，色情街巷常栽种柳树，称为“柳巷”，指代妓院。

与充满阳刚之气的杨树相比，柳树给人一种柔弱婀娜、“女中之女”的感觉。“柳腰女子”，指女子身腰纤细，似乎一阵风都能吹倒。

长着一双“柳眉”的女子，一定是美丽、优雅、温顺的女子。但偶尔也会发怒，眉毛倒竖。这是很少有的表情。而正因为少有才可怕，令人难以忘记。而且，往往是因为心生嫉妒而柳眉倒竖，这就更加可怕了。

再赘言几句，“柳眉”原本就表示温柔的表情，因此，我们不会说“使柳眉柔和”“低下柳眉”，这类表达和“从马上落马”一样，是重复修饰。而作为例外中的例外，“柳眉倒竖”却经常使用。最终导致仅仅听到“柳眉”二字，我们就会立刻联想到女性那种歇斯底里的表情，但这可不是“柳眉”的错儿。

君子豹变

日语助词的用法很微妙，因此，用日语写文章是一件细致的工作。对学习日语的外国人来说，最棘手的就是俗称“てにをは”的助词。

试想一下，《易经》中出现的“君子豹变”这个四字成语，应该加上什么助词呢？

是“君子会豹变”，还是“君子也豹变”？如果是前者的话，意思是“‘因为’是君子，所以豹变”，后者的话，意思是“‘虽然’是君子，却豹变”。

为了得到正解，必须准确理解后半部分的“豹变”。众所周知，前半部分的“君子”指的是有教养、有一定身份的人，意思接近英语的“gentleman”（绅士）。圣人，高不可攀，而君子，大多数人经过努力都可以做到。普通人的人生目标就是成为君子。

君子为善，如“豹变”亦为善，那自然是“君子会豹变”。如“豹变”为恶，那么就是“君子也豹变”或者“连君子也豹变”，意思是本应善良的君子也会豹变。

正确答案是“君子会豹变”，因此“豹变”为善。

《易经》中说“大人虎变，君子豹变，小人革面”。虎豹穿行于密林荒野，即使毛皮沾染泥土，夏秋之际也会换出艳丽的新毛。虎豹的毛皮真的很美。毛皮商的价签上，虎皮价格高于豹皮，而且好像古时也是如此。所以，大人的品格要高于君子。

变美的是虎变、豹变，这也可以理解为“进步”。而十年如一日、一成不变不好，必须要改变，但不能变丑，应当变得更美。

虽不及虎皮，豹的毛皮也很漂亮，斑纹清晰，色泽鲜明。因为是君子，所以才能变得如此美丽。如果是小人，顶多是“革面”（换面）。从愁眉苦脸变成笑容满面、和蔼可亲。小人变美，其程度是极其有限的，远不及虎变、豹变。

显然，君子豹变是一句赞美之词，然而在日语里却是贬义，多用于批评变节分子，形容改操易节像翻书一样迅速。这种误解大概源于豹奔跑速度之快吧。

例如，到昨天为止工会干部还一直煽动罢工，结果被公司高层收买，今天突然宣布“终止罢工”，工会成员怒不可遏，大骂“你这是君子豹变”！用赞词来骂人，这是错误的。

人是不断变化的，所谓的成长也是一种变化。问题是要朝着美好的方向改变。有时明明是丑化，自己却认为是美化。豹变并非易事，需要竭尽全力。

白发三千丈

作为“中国式夸张”的代表，“白发三千丈”总是为人所诟病。“白发三千丈”出自李白的《秋浦歌》，这一点毋庸置疑。此句产生于8世纪中叶，正是安禄山举起反叛大旗之时。唐代的一丈为3.11米，比现在日本的丈长8厘米左右。三千丈的话，相当于九千多米。不管怎么说，那么长的白发都应该是不存在的。人们自始就将其视为诗歌的一种表达。估计只有脑袋有问题的人，才会相信有九千多米长的白发吧！

如果没人相信“白发三千丈”是真的，那么即便夸张也绝不存在欺骗他人的恶意。难道这样的夸张不是极好的吗？

秋浦是长江的支流。登山眺望秋浦，波光粼粼，水面无际，它远不止三千丈——九千米。在水的对岸，是曾经的向往之都——长安。李白虽遥寄思慕之情，但不能回到那里。

经历各种辛酸，李白的头发明显变白变长了。长长的白发和眼前蜿蜒流淌的白色河流在诗人李白的胸中融合成了“白发三千丈”。

不了解此背景，只把此句理解为信口雌黄的夸张是不妥的。诚然，李白在这首诗中使用了略显戏谑的表达方式，但那都是因为咏叹过于悲伤。稍微加点戏谑成分，肯定是为了中和些许哀愁。全诗内容如下：

白发三千丈，缘愁似个长。

不知明镜里，何处得秋霜。

白发变得如此之长皆是忧愁之故。秋浦流长，奔流无际。在流水的彼岸有着想回却难回之都，想必这亦是哀愁之一吧！照一照镜子，秋霜不知从何而至，不禁令人愕然。

作此诗时，李白时年五十五岁。彼时向杨贵妃取宠献媚之人惑乱宫廷已达十余年，诗人正在四处漂泊。安禄山之乱尚未传到李白的耳中，但他对玄宗宠爱杨贵妃、朝政混乱等应有切身感受。国家将会何去何从？或许李白的忧愁里含有这样的因素吧！一旦被忧愁困扰，就会无止无休。“三千丈”正是要表达这样的感觉。

当日本人讥笑“白发三千丈式夸张”时，中国人也有所回敬。中国人以“旭日高式胡说”来嘲讽日本人的夸张。在日本的爱国进行曲中有这样一句，“看吧！东海天空明，旭日高高照”。旭日就是朝日，朝日是不可能高高照耀的。旭日应该是刚要越出海平面的太阳，而在天空高高照耀的是白天或者说中午的太阳才对。

表达奇特、意象重复等均是对“白发三千丈”诗的负面评价，但不管怎样，笔者就是钟爱“白发三千丈”。

月落乌啼

张继的《枫桥夜泊》是日本战前汉文教科书的必选诗，同时也曾入选《唐诗选》。所以，此诗可谓日本人最为熟识的汉诗之一。这首七言绝句的首句为“月落乌啼霜满天”，第二句是“江枫渔火对愁眠”。尽管为月落之深夜，但尚能看清河边枫树及渔家之火，所以那夜应是容易让人醒来的夜吧！这正好可与“愁眠”相照应。

第三句的“姑苏城外寒山寺”对场所进行了明示，姑苏城无非就是现在的苏州市。这首诗在中国亦广为传颂，以至于后来苏州附近的山以“乌啼山”“愁眠山”命名。有一伙人竟提出“月落乌啼霜满天”是指“月亮落于乌啼山”，“江枫渔火对愁眠”是指“江枫渔火对着愁眠山”，并将此说奉为圭臬。什么时代都不缺少标新立异、哗众取宠之人，这不足为奇。

通过考证多种文献可知，这两个山名是在《枫桥夜泊》之后出现的。所以，上述的“奇说”并不成立。考证学的威力就在于能够否定故弄玄虚的怪异说法。

中国的考证学在清代迎来高峰。清王朝恐惧汉民族的反抗，所以对其进行了彻底的言论压制。德川家康曾找过方广寺钟铭“国家安康”[1]的茬儿，而清朝则有过之而无不及。甚至连“清浊”这样大众化的词语都不放过，对使用该词的人加以惩罚。理由是这个词语暗示“清王朝浑浊不清”。

究竟是故意找茬儿，还是出于本心就不得而知了。诸如此类的言论压制人称“文字狱”，是足以令当时的学者文人不寒而栗的恐怖存在。

对于当时的学者文人来说比较安全的莫过于考证了。是先有山名，还是诗歌在先？对这样的问题旁征博引、详加考证，首先不会出什么事儿。都说清代学问的精华在于考证，考证能发达到这种程度也是有原因的。考证不掺杂任何感情，只是单纯地追求真实。我想，可以将其称为一种科学。

当然，考证并非仅限于清代。《枫桥夜泊》在日本广受欢迎，在中国却逐渐走低。这可以说正是拜宋代的考证所赐。

1　“国家安康”将“家康”之名讳分离，有将家康斩首分尸之意。——译者注

宋代文人欧阳修（1007—1072）认为，该诗的末句“夜半钟声到客船”有问题。夜半就是指深夜，如果没有发生地动山摇的天灾或敌军来袭等情况，寺院是不会在深夜敲钟的。有的考证学者则不这样认为，他们反驳道：“唐代并无禁止深夜鸣钟的法律”。但还有人主张“也许没有这样的法律，但在夜深人静之时鸣钟会妨碍他人睡眠，应该没人会干这种不合常理之事”。看来，在这个问题上还真可谓“百花齐放”。

说来说去，夜半的钟声是有些不正常。人们觉得该诗描写的并非真实场景，所以就不那么推崇这首诗了。

“白发三千丈”没有被视为问题，而“夜半钟声”却被当成了问题。这其中的理由显而易见。很大程度上是因为人们将“白发三千丈”视为诗歌性质的表达，而将夜半的钟声视为写实性的表达。应将夸张作为问题的非前者，而是后者。

左袒

汉朝的始祖是刘邦。公元前 195 年，刘邦去世。他死后，包括惠帝在位的七年，有十五年的时间政权操控在吕后手中。在外人看来，天下已由刘氏手中落到吕氏之手。高祖刘邦的家臣们就那么窝囊吗？应该不是的，他们在蛰伏，在等着吕后死。吕氏一族中，除吕后外没有什么令人恐惧的人物。

公元前 180 年，吕氏死。高祖的家臣陈平、周勃等一跃而起。据《史记》记载，周勃从吕氏手中夺回太尉（相当于国防部长）位置后，立于军门对将士高呼："为吕氏右袒，为刘氏左袒。"

所谓"袒"就是脱掉肩上的衣物。这个命令的意思是支持吕氏的露出右肩，支持刘氏的露出左肩。对吕氏的残暴感到不满的将士纷纷袒露左肩。由此，人们将支持某一方称之为"左袒"。

以右袒左袒区分敌我十分方便，一看便知。现在仍有右翼、左翼的说法，这个说法源自1792年的法国国民会议。从议长席位置来看，右侧坐着的是保守派吉伦特党，左侧坐着的是激进派雅各宾党。右翼、左翼的说法就是由此而出的。

或许周勃的疾呼中包含了“阴谋”。因为，即便是当时也是惯用右手的人居多。如用右手，显然脱左肩更为容易。据《资治通鉴》的注释所言，当时表示礼仪时左袒，因犯罪而候刑者右袒。也就是说，右袒的“出身”不佳。举个例子，把这个命令换成“赞成者系红袖标，反对者系黑袖标”又会如何？估计会有很多人忌讳黑色袖标，因为黑袖标是办丧事时佩戴的。况且彼时为公元前，人们比现在迷信得多。

军中肯定也会有吕后的人，但应该是少数派。当他们看到战友迅速地左袒后是很难违逆那种气氛的。周勃可能也是有意制造那种气氛，在进行政变等大事之时必须得把握住势头。因此，最终的结果是“全体一致”。

当时哪怕出现一名反对者，也有可能会挫伤士气。因结果是不容置疑的“全体一致”，所以周勃的呼喊可以称得上是振聋发聩。也有可能有个别人露出了右肩，但周勃可以选择忽视。就像股东大会中“确认无异议，全体有节奏地鼓掌”的场景一样，一声“全体左袒，就这么定了”！讨伐吕氏遂成定局。

据其他书籍记载，当时周勃喊的是：“附吕氏者袒肩站右侧，我将杀之；附刘氏者袒肩站左侧，我将赏之。”

如果情况果真如此，那所谓的左右并非指袒露的肩侧，而是指站立的场所。而且周勃话中含有“杀”字，这明显是一种威胁。此说载于明代的《名义考》，该书不如《史记》权威，而且过于直白，稍显无趣。

左迁

之前讲过“左袒”，这次我们就来聊聊左迁吧！

右和左到底哪边为上呢？

从字词的排序来看，应该是左为上。例如，一定说“左右”，而不说“右左”。

中国的官制也是如此。如果二人职位相同，则左为上。如果设有两位丞相，左丞相要比右丞相排位靠前。侍郎相当于省部级的副官，大体上也是由二人担任。如果从排序看，应该是左侍郎在前右侍郎在后。中国的这种官制传到了日本，日本的左大臣要先于右大臣。

有一个词现在已经不太使用了，叫作“虚左以待”，表示竭尽礼数迎接贤人。

因为要迎接伟大的人物，当然是乘马车而去了。在马车上，去迎接的人坐在右侧的座位，而将左侧的座位空出来。

这便是“虚左以待”。如此可知，左侧的位置是尊贵的。

但也有人主张右侧为上。说起来，人类以右撇子居多。所以，必须尊右。证据就是“左迁”这个词。被弄到左边就意味着降格，所以自然是以右为上了。

与“左迁”相对应，我们将高升或者进步称为“出右”。比如，我们会说“在学问上无人能出其右”。

我认为这个问题最初是一个书写顺序问题。日文也好中文也罢古时候都是竖写的，换行时从右至左。

总理大臣、外务大臣，竖写这两组词就会涉及排序问题。如果是从外相到首相那是出右，如果是从首相变成外相则是左迁，因为首相是不能出其右的。

翻开《汉书》的颜师古注可知，汉代以右为尊。

唐代以后的千百年来则以左为上，但元朝却以右为上。也不能说以右为上是塞外民族的习俗。在汉族以右为上的汉代，匈奴却以左为上。单于相当于匈奴的天子，其下设有左贤王、右贤王这样的职位。其顺序也是左先右后。

到底是左为上还是右为上呢？中国的考证学者们进行了旷日持久的论争。事情发展至此，倒是让人觉得其实哪边都无所谓了。

左和右中间有中。在政治中搞错是左派还是右派会很麻烦。当然，这是与政治无关的话题。

以人为例，以脊梁骨为“中”，眼睛、耳朵、手脚都各分左右。大多数人经常用右手，因此必须考虑以右为上。

如果把“左”“右”加上人字旁，就成了“佐”“佑”。由“佐”“佑”组成的词有“辅佐”“天佑”等。它们都是“帮助”之意，就是说要友好地互相帮助才行。

人生唯口腹

食物由“口”至“腹”，故将饮食之事称为“口腹”。耳可听美妙音乐，眼可观美丽之物，在“口腹”后添上耳和目就是“口腹耳目”。“口腹耳目”指人形而下的快乐。或许有人会批评说“这不是缺少肚脐以下的快乐吗”？这个问题我们先姑且放在一边。

中国的古籍中讲，古时圣人定礼乐可不是为了穷尽人的“口腹耳目之欲”。耳目尚且可以，“口腹”比较贪婪，尤为圣人所恶。西方有句名言——“不单为了面包”。中国类似的词句也为数不少。在那样的氛围中提倡“人生唯口腹”是需要很大勇气的。旁边亦有支持的声音——“这是实话实说！”

实际上，“人生唯口腹”这五个字来自耶律楚材的一句诗。耶律楚材是成吉思汗的宰相，写此诗时他正跟随大军征伐撒马尔罕（现在苏联乌兹别克共和国的城市[1]）。

耶律楚材是金朝的重臣，曾生活于燕地。蒙古人攻破燕京后，耶律楚材转投成吉思汗。他是一位身材高大、长须飘飘的伟丈夫，具有很深的汉文化素养，有《湛然居士集》这一著名的诗文集留存于世。

因为耶律楚材当过蒙古国宰相，所以人们说蒙古人的野蛮行径都曾被他“过滤”，甚至有人说是耶律楚材挽救了汉文明，使之免遭破坏。他应该是一面侍奉成吉思汗，一面对其非文明性抱有轻蔑之情的。“人生唯口腹”还有下一句“何碍过流沙”。

民以食为天。为了吃，人甚至可以穿越塔克拉玛干大沙漠，尽管塔克拉玛干对人类来说简直就是寸步难行的“天堑”。

这句话与古时候高高在上的圣人唱反调，很容易让人认为是在讴歌饮食。

饮食至上！万岁！

这样理解或许也行吧？！

但我强烈地感觉到耶律楚材这句诗有更为深邃的含义。

1　此为作者原话，作者写作此书时苏联尚未解体，撒马尔罕现属于乌兹别克斯坦。——译者注这首诗是一首五言律诗，共八句。“人生唯口腹”句之前的是“分餐马首瓜”。

所谓的“马首瓜”大概就是像马脑袋那么大的蜜瓜。我在西域旅行时曾在乌鲁木齐、喀什吃过“甜瓜”（又叫哈密瓜）。那种瓜比橄榄球要大一圈，一个人很难吃掉。因此要“分餐”（切开分食之）。耶律楚材所描写的就是这样的一个场景：翻越寸草不生的大沙漠，攻陷沙漠绿洲——撒马尔罕，士兵们分食大甜瓜。

“分食马头大小的甜瓜”之后便是“人生唯口腹”了。这可不仅仅是“饮食万岁”那么简单。

诚然，人不吃东西就无法生存。但是，人的口腹是有限度的。士兵们吃马首瓜时也得分而食之。我分明感到这句礼赞饮食的句子后面隐藏着批判——对成吉思汗无休止征服欲的批判。

人生唯口腹。但是，不要像吞噬世界的某人一样吃得太多哦！小心为妙！小心为妙！

胸有成竹

“胸有成竹”用来形容做事之前已有成算。

北宋的苏东坡（1036—1101）是著名的书法家，同时也是一位画家，他特别擅长画竹。米芾（1051—1107）与之同时代，他见苏东坡画竹是从地上飒然一扫而上，便问道：“为何不一节一节地画呢？”苏东坡答道：“竹子生长时不是一节一节地长。”的确如此，竹子并非长完一节后再长新的一节。这个故事讲的是，画东西时要对其性质进行充分了解。

据说，苏东坡画竹子的技法是从前辈文同（1018—1079）处学来的。

——故画竹必先得成竹于胸中，执笔熟视……

自己即将要画的东西，必须在心中完全呈现出来。以竹子为例，心中有竹才能绘之。审视好心中之竹，再将其呈现于纸上。一旦呈现，立即执笔，逐节画出，一气呵成。如果速度不够快的话，竹之幻景可能就会逃之夭夭。

总之，如心中已经建立起形象，那就基本定型了。剩下就是用笔落实一下而已。

同样，如果心中已有竹，那么画也就大功告成了。因此，“胸有成竹”的意思是做事之前有计划及一切准备已经就绪，形容自信满满、胜券在握的状态。

其实，不仅仅是绘画如此，写小说等也是同理的。先在心中组织好故事情节，然后进行审视，再在稿纸的方格里落实成为文字，最后由作者“信笔由缰”地奋笔疾书完成。如此这般，一部小说脱稿而出，这是何等地爽快！但是，往往并不能如己所愿。

说到这，记得得此经验的苏东坡曾说过一句不负责任的话。

——予不能然也，而心识其所以然。

心里明白应该这样做，却不能做到。那么，为什么不能如己所愿呢？

——内外不一，心手不相应，不学之过也。

苏东坡如是说。认识和行动不统一，理解道理和实际操作不能一致，这都是“因为学习不够”。

这是自打上小学后老师说过千百回的教诲，老生常谈到耳朵都起茧子了。

这句“名言”告诉我们，即便是胸有成竹也不能画好竹子。更何况心中无竹，那就更画不了竹子了。

心中有故事也不能写好小说，更何况心中空空如也，那样就更不能写小说了，干脆把笔扔掉算了。如果这么解释的话，听上去多少有些不舒服。

门可罗雀

语言是鲜活有生命的。如前所述，“折槛”本来是向上级强谏之意，但现在通常用来表示拷问、惩罚性暴力，而且这种用法也有相当长的历史了。如果我们现在还局限于其本义，反倒是不妥当的。因此，我们不能说现在的用法是误用。

实际上，大家时常能见到因误解造成的成语误用。

有一个成语叫作“門前雀羅を張る”（门可罗雀）。日语里所谓的“雀羅”就是捕捉麻雀的网。如果麻雀发现有人过来，就会马上逃走，它们通常聚集于没什么人的地方。就是说“门可罗雀”必须是在荒凉寂静之处。由此可知，这个成语的意思是来客稀少、门庭冷落。

据说翟公做廷尉（司法长官）时曾宾客如潮，而当他卸任之后却门庭冷落，他家的门口甚至可以张网捕捉麻雀。这是《史记》中记载的一段逸事。如今两千多年过去了，这段记载仍然具有教育意义。它告诉我们人情淡薄、世态炎凉的道理。

白居易曾把这个成语写进诗句。全句为“门前冷落鞍马稀”。来客通常是乘马造访，所谓“鞍马稀”就是鲜有来客登门之意。

日本大正时代末期，某位评论家莫名其妙地用“门可罗雀”形容人多、热闹。芥川龙之介把此事写入《侏儒的语言》。他半开玩笑似的写道，没准哪天这个成语真会用作那个意思。

“Ich Roman”是一个西方文学用语，指的是只用第一人称的小说。如夏目漱石的《我是猫》就相当于这类小说。但是，将该词直译为日语“私小说”则产生了误用。“私小说”比“Ich Roman”更为狭义，通常指的是作者自身的“我”。最后这个误用顽强地活了下来，现在已经不算是误用了。私小说作家用第三人称写的小说现在也是“私小说”。芥川龙之介援引此例说明此意，他觉得前述那位评论家的误用没准会存活下来。

比较讽刺的是，芥川这篇短文的题目名为《或辩护》。芥川比较绅士，所以没有指出那位评论家的名字。但像他这种级别的作家即便死后五十年也会有人关注，甚至连零言碎语的细节都会有人研究和考证。所以，尽管他没有指名道姓，那位评论家还是被人挖了出来。想想还是挺可怜他的。

因此，我想进行更为具体的论辩。

不管怎么说，成语大都容易使用极端的表达。以“门前”为例，不是热闹非凡就是冷落寂寥，没有中间的状态。与“门可罗雀”相对应的是“门庭若市”，二者正好相反。

那位可怜的评论家肯定是一位冒失鬼，所以才搞错了“门前”。更可怜的是他的误用没有“后继者”，至今也没有成为新用法。

断袖

直说会产生顾忌的词语经常会用隐语来表达。与性相关的词中有好多就属于这类。其中，有不少是从僧侣中传播开来的。和尚戒色，不可以婚配，所以不能在人前说那些话。幸运的是因为和尚要学习经文，所以具备一些梵语的知识。这些古印度词语在中国可谓披着一层神秘的面纱，所以极适合用作隐语。

在中国，“断袖”意味着同性恋。这个词虽然是与性相关的词汇，但与梵语、佛门并无关系。“断袖”是正宗的中国式隐语。我倒是觉得，这个词与其说是“隐语”，还不如说是“雅语”好。

公元前 7 年，时年 20 岁的哀帝继承西汉皇位。公元前 1 年，哀宗驾崩，他在位仅六年。哀宗死后七年，延续二百余年的西汉王朝亡于王莽篡位。可以说，哀帝对西汉的灭亡负有很大责任。

这位青年皇帝在继位之初也曾干劲十足，但后来渐渐堕落了。他周围的环境不好，聚集的都是些阿谀奉承之徒。其中，哀帝最爱的是一个叫董贤的美少年。

哀帝任命这位美少年为大司马。在汉朝末年，大司马是高于宰相的职位。王莽篡汉之前也曾担任大司马。根据惯例，皇帝继位伊始就开始修建自己的陵墓。这种生前就开始建造的陵寝叫作“寿陵”。哀帝命人在自己的陵墓旁修建董贤的墓。哀帝要与董贤生死相依，可见他对董贤是何等狂热。

他们午睡也是在一起的。一日，哀帝与董贤相拥而眠。他无意中醒来，看见美少年仍在熟睡。而且董贤的头还枕着哀帝的衣袖。哀帝想起床，但因袖子被压而无法起身。若想起来就只好移动董贤的头、摇醒他。

哀帝想：“他太累了，再让他睡会儿吧！”

于是拿起身边的刀将自己的衣袖斩断，从而起身。真可谓柔情万千啊！

因这段逸事，男同性恋又被称为“断袖”。

哀帝死后，董贤也自杀了。

尽管如此，这种状态对于一个皇帝来说就不能不谓疯狂了。有的大臣开始以死相谏。因郑崇屡次谏言，哀帝觉得很是难受。为了迎合哀帝的意思，那些阿谀奉承之徒进献谗言道：“郑崇家如同集市一样热闹，人们蜂拥而至。也许他们在策划什么阴谋，一定要严加彻查才行。”

被传唤而来的郑崇答道：“臣门如市，臣心如水。”

水乃清澈之物。然而，根本就不容辩解，郑崇被投狱至死。

上一篇讲到“门可罗雀”。“门可罗雀”的反义词是“门庭若市”，典故就出自这段逸事。日本通常说“门前成市”，这是因为《太平记》[1]一书有此记载。因为全日本曾进行过巡回读《太平记》的活动，所以“门前成市”这种说法早已广泛普及、深入人心了。

1　《太平记》是日本古典文学之一。全40卷，以日本南北朝时代为舞台，是记录1318年（文保二年）至1368年（贞治六年）约50年间的军记物语。——译者注

千夫所指，无病而死

上文“断袖”中提到，西汉的哀帝宠爱美少年董贤，并任命其为大司马。而且，当时的大司马比丞相地位还要高。

即便那个时代皇帝多么独断专行，这种荒唐的行为也是让人难以接受的。那么，辅佐皇帝的众大臣是否都缄口不言、明哲保身了呢？翻开史书可知，那时也有多位有骨气的人跟皇帝据理力争。上文也提到了一位，即“门庭若市”的郑崇。

在这里我想谈一谈王嘉。

哀帝元寿元年（公元前 2 年），美少年董贤曾被增封两千户。然而，董贤并无任何功劳，他获封只是因为哀帝爱恋他。哀帝一心一意地爱恋董贤，封赏是为了证明他对董贤的深爱。被征税纳贡的人民真是太无辜了。

王嘉毅然反对这个决定。黎民百姓的民脂民膏怎能为此就付之东流呢？于是乎流言四起，民众怨声载道。

“千夫所指，无病而死。”

在谏言中，王嘉引用了这句话。此话非古代典籍中的成语，而是一句民间谚语，且是一句广为流传的俚谚。

这话意思是说，如果很多人伸出手指指责说“你不对，你不对”，那么被指责的人即便没有病也会死去。社会谴责具有如此强大的力量。王嘉的谏言意思是人们怨恨美少年董贤，纷纷指责这样做是不行的。

然而哀帝对董贤如痴如醉，反而憎恶起谏言的王嘉。结果王嘉被罗织罪名，投入监狱。王嘉死得甚为悲壮，是在狱中绝食吐血而死的。

汉代有丞相、将军不入监狱之俗。如果重臣（俸禄二千石以上）会议认定某丞相、将军有罪，那么前去通告其人的使者会准备好毒药。而接到通知的丞相、将军则选择服毒而死。但王嘉却将盛有毒药的杯子摔在地上，说道：“伏刑都市，以示万众。”

所谓都市就是都城和市场。当时的死刑是在公众面前执行的，即在集市中执行。王嘉的主张是：“在公众面前杀了我吧！”丞相被杀能够引发人们的关注和思考，这可能正是王嘉之所期。引发舆论关注会对皇帝不利，所以王嘉并没有被当众处死。如前所述，王嘉以十分悲壮的方式结束了一生。

虽然古籍无载，但民间流传的谚语——“千夫所指，无病而死”好像经常被人提起。如果一个普通人被周围人所围攻、所不停地指责，应该真的会死掉吧！而政府高官总是处于舆论的风口浪尖之上，能够泰然处之肯定是神经发达、异于常人的。

“横眉冷对千夫指”（横着眉毛，冷冰冰地面对“千夫”的指头）是鲁迅诗中的一句话。这句诗说的是作为革命家要有如此的精神准备。无论遇到什么样的指责，只要相信自己正确，就要冷静地面对，而且还要无所畏惧。尽管同样是面对“千夫所指”，革命家却与政府高官有着天壤之别。

他山之石

虽然完全不知何意，但从小我就对“攻玉他山”这四个字有好感。我曾就学于神户小学，这个小学的礼堂上就挂有这几个字的匾额。该匾额是三条实美[1]的手书。

“攻玉他山说的是什么意思啊？”

“就是攻下别的山头。”

“真是那个意思吗？”

我们这些顽童时常如此对话。匾额就挂在礼堂的正面，几个大字十分醒目。最初，我觉得像俺们这样的人是不可能明白的。不明白是不明白，但只要一进礼堂，就准能碰见这四个字。在礼堂基本都很无聊，所以我宁可去盯着那些不解何意的字发呆，也懒得听那些无聊的话题。

1　三条实美（1837—1891），幕末、明治时期的公卿、政治家，内大臣三条实万之四子。——译者注

即便是小学生，到了高学年也有一些早熟的家伙。有人在教室里问这四个字是什么意思。老师啰唆地回答了这个问题，但我注视着窗外，完全没听进去。窗外，别的班级在操场上打棒球。我也不早熟，棒球显然比“攻玉他山”更加吸引我。

小学毕业，和那个礼堂也拜拜了。又过了很长一段时间，我才知道“攻玉他山”源自《诗经》。

在《诗经·小雅》中，有一首名为《鹤鸣》的诗歌。该诗的结尾处有这样一句话：“他山之石，可以攻玉。”

别的山上的石头也许不值钱，但也不是完全没有用处。在打磨己方的玉时，或许可以用“他山之石”来当磨石。这句话说的是无论多么微不足道的东西都有其价值。《广辞苑》的解释为：“喻指不如自己的人的言行也会有助于提升自己的知识和道德。”

一些研究《诗经》的学者认为，这句话暗含着向君主进言之意，即建议君主应广泛招揽人才。

个人无论多么游手好闲也都有其可取之处，何不尝试着用一下呢？貌似可以这样理解。但是，我还是对“他山”这个词更感兴趣。不值钱的石头随处可见，为何要特别说“他山”呢？

我的推理如下：

在中国的春秋时代，某国流入了大量的逃亡者。但此国奉行国粹主义，比较排他。例如，为了保护血统纯正而绝不允许外国人成为国立大学教授，所有企业也不录用外国人。因此，难民中开始出现不稳定倾向，并导致社会不稳。而有识之士很担心这种情况，所以建议任用他国之人。

“他山之石”这句诗便包含了这样的意图。这样的推理过于透彻了吧！

尽管如此，三条实美当时应该是知道匾额将悬于礼堂的吧！难道他打算向学生们呼吁“无聊的话也要忍着听，因为或许会有用”？！

义不可过也

中国好像自古就对羊肉情有独钟。从一些表示美好事物的词汇上我们也能窥知一二，如“美”“善”都含有“羊”字。

“義”这个字也含有“羊”，“我”的上面骑着一只羊，这对“我”来说应是最高等的好东西。但与“美”“善”比起来，“義”实在是有些死板。说起忠义、仁义、正义等，在喝酒等场合就很不搭。听到这些人们肯定会说“快饶了我吧！”，这一点毋庸置疑。

如果身边有正义感过强的人，他就会拘束得不得了。对方高举的是正义、德义这样的“锦旗”，抵触起来也是诚惶诚恐。即便面上点头称是，心中也会想：“你还有完没完了！”

每当有这种体验时，我就发自肺腑地佩服苏东坡（1036—

1101），其曾言："仁可过也。义不可过也。"

意思是"仁"过度了也没关系，而"义"切不可过。

身边有老好人我们完全不会受不了。看着这样的人总被人家欺骗，可能会替他感到着急，但也不至于向他大喊："够了！"比起这种情况，老好人更多是让人感到愉快的。就是说，"过于仁"不会成为我们的负担。

但是，如果换成了"义"就不行了。光是听到"大义"这个词就能让人颤抖，联想起切腹的场景。

"义"的本质是剖开正面、无懈可击。这个字从根上就具有强加于人的性质，所以在施行过程中一定要适度。

自古以来，对"义"多解释为"义者宜也"。

《中庸》这本书中就有此话，其他注释书中亦是频繁出现。"宜"就是"适当、得体"。

这个汉字的意思感觉就像在说："嗯，你就斟酌着办吧！"如果让文字学家来解释，据说"宜"字可以一分为三。最上部分的宝字盖表示"家"，中间的部分是"多"的简写，最下部分的"一"表示不可动摇的大地。在大地上建起来的家能够容纳很多人和东西。换言之，"宜"的本质就是平衡得当。

义和宜同音，二者可谓缘分不浅。

所谓平衡得当就是不偏不倚，且只能理解为劝诫凡事不可过也。

从“不容抗拒”这点看，“义”颇似独裁的君主。在人类的历史上，我们的祖先为了抑制独裁君主过火可谓处心积虑。“义”是个“观念性的怪物”，自打它呱呱坠地我们就很难将它锁定在框架之中。

“义不可过也！”

有时这句话听起来更像是一种悲鸣。

打草惊蛇

巨型恐龙等爬行动物曾经横行地球，那是一个属于它们称王称霸的时代。那时的人类如同蝼蚁一般。或许在爬行动物的王者看来，甚至连蝼蚁都不如。现在的人类仍会惧怕蛇、蜥蜴等爬行动物，估计这与我们远祖残留下的记忆有关。因为那时候我们的远祖十分弱小，而爬行动物却肆虐横行。

人类在惧怕和憎恶的同时，好像还掺杂着敬畏。

神话和传说中经常会出现蛇。日本神话中有八岐大蛇。禹是夏王朝的缔造者，也被誉为古代的圣人。“禹”这个汉字中就包含了“虫”。无独有偶，中国古代的神中有名为“祝融”的，这个名字中也包含了“虫”。之所以出现这种现象，可以说是基于祖先的一种情结——崇拜蛇。

《论语》中有这样一句话：“敬鬼神而远之。”

其后的“敬远”（敬而远之）这个词就来源于此，但现在好像给误用了。

“敬远”的本意是：对鬼（亡灵）、神（超人类的存在）必须表示敬意，但不可过分亲昵。例如，不可以向鬼神祈求保佑“请让我考试及格吧！”，等等。总之，其本来的用法是用来训诫拜神的。因此，诸如“王者产生于‘敬而远之（送客球）’的四次坏球……”[1]这样的用法多少是偏离原义的。但因为没人按原义使用该词，所以现在上述的用法反倒成了正宗。

中国有这样一个成语——打草惊蛇。

其目的是赶走蛇。不打蛇，但打旁边的草，如此一来，蛇就会呲溜呲溜地逃走。这个成语用在“敲打目标以外的东西，以警告其本人”之时。

抓住小偷后对其施以鞭刑。其中就包含这样的目的——警告大家偷东西会遭受如此惩罚，如果干起强盗的行当后果会更为严重。刑罚原本就多少包含警告的意味。

用棒子打草而放跑蛇的人，并非仅仅是讨厌杀生，或许包含了打死蛇会遭报应这种想法。蛇会报复，这种想法很可能源于人类遥远记忆中对爬行动物极度的恐惧。

1　原文为“王は敬远の四球に生き……”敬远：“送客球。”打棒球时，投手有意给击球手投四个坏球。——译者注

因为警告的对象是蛇，所以“打草惊蛇”总算是以成语的形式保留了下来。如果把“打草惊蛇”换成“打草惊蝗”可能就完全打动不了人心了。即便有人说出这样的成语，估计也没人会追随。因为它太过平淡无奇，所以绝不会作为成语被固定存留下来。

在谚语、成语的世界中也有残酷的生存竞争。有完全不构成问题而被丢弃的，有存活些时日而命不长久的，也有曾经辉煌但未能跟上时代潮流而掉队的。在我们看不到的地方，堆满了谚语、成语的残骸。像“敬而远之”这样的成语是经过“金蝉脱壳”后活了下来的，它褪下的空壳也被丢弃于残骸山上。

夜郎自大

夜郎是一个地名，包括现在广西省西部，以及贵州省、云南省的一部分。这片区域居住着数目众多的民族，过去曾经形成过各自独立的小国。

山地众多，就容易形成这种小股势力割据的状况。周围尽是险峻的山谷，所以想攻取这些地区是非常困难的。即便是攻取了也没有什么价值。征服后，因为天险的缘故，不知道什么时候他们还会造反。正因如此，当地形成了多个小政权共存、林立的现象。

夜郎是中国西南地区众小国中最大的。汉代时，数十个西南夷中获得朝廷封王的只有夜郎和滇二国。邪马台国是日本曾经的地方政权。邪马台国获得了“汉委奴国王”金印，也成为了上述体系中的“王”。我想，即便是获封为王也没什么大不了的。但是，因为夜郎是众多小国中的大国，所以觉得自己很了不起。据说汉使到来后，他们曾问道："汉这个国家比我们夜郎国大吗？"

夜郎国恐怕还不如汉的一个郡大。听到这样的询问，汉使肯定会惊得目瞪口呆。具体点说，这就是井底之蛙的表现。知道汉朝大小的人会惊掉下巴，但当时夜郎的人没有去过其他地方。所以，他们那样问是认真的。他们是真心觉得自己的国很大。

所谓夜郎自大就是只唯自己的尺度。因为不了解外面的世界，所以也是没有办法的事情。现在，虽然足不出户就可以通过报纸、电视知晓天下，但夜郎自大却并未销声匿迹。最近，就有一位美国人来访。关于中日贸易，他建议日本可以出售商品但不要出售技术。他说美国正是因为向日本出售了技术所以倒了霉。他还说，正是基于这样"惨痛的先例"，才如此忠告日本的。谢谢您的"好意"了！在对华贸易中，日本已经成为美国的竞争对手。他这样说无非是美国释放的烟雾弹而已，这一点谁会看不出来？然而，对这样粗浅的伎俩，居然也会有人拍手称快。他们说："对，对，您所言极是！"

这些人就是夜郎自大的最佳例证。他们觉得只有日本才有技术。即使日本封锁技术，人家还可以从法国、英国等国家引进技术。或许，来释放烟雾弹的美国推销技术会最积极。而且，别忘了产生技术的是人类的大脑。产生技术的大脑不限定于某个特定的民族。

在某杂志中，一位自称是经济学家的人说中国没有彩色传媒却购买彩电云云。其实中国很多年前就开始播放彩色电视节目了，只要稍微查一查便可知道。

无论国家还是个人都会以自己为中心考虑问题，这无可厚非。但问题是不想了解别人。这就是“新夜郎自大”。现在的世界是想知道什么就可以大体知道的世界，没有热情才是“新夜郎自大”的原因。

泥多佛大

在访问敦煌时，我参观了两尊大佛。在敦煌的鸣沙山上，有 492 座石窟，每个石窟都被编上了号码。其中，第 96 窟中有一尊 33 米高的大佛，第 130 窟中有一尊 26 米高的大佛。这两座大佛都是弥勒佛，呈倚坐（在椅子上坐着）姿势。奈良的大佛为 16 米高，所以敦煌的巨大佛像是奈良大佛的两倍高。

不过，奈良东大寺的大佛是铜制的，而敦煌的两尊大佛都是泥塑的。所谓“塑像”，就是以木材做芯，然后在其上涂以泥土而塑造的像。这两尊大佛本是唐代的塑像，我见后不禁想起了一个成语——泥多佛大。

一般人会理所当然地觉得这个成语的意思是“如果泥土多的话佛就会大”。但这个成语却和“水涨船高”是一对组合。

“水涨船高”这个成语也会让人觉得是下面的意思——“因涨潮等原因水面上涨，浮在水上的船因此而升高。”对于这组成语，我不是很满意。

辞典上的解释为：比喻事物随着所凭借的基础的提高而提高。

在日本，亲生儿子继承家业是很正常的。但亲生的接班人未必是这个行业的头号人物。这就如同毕加索的孩子也很难达到毕加索的境界一样。我认为，无论是花道还是茶道，都是如此。尽管这样，嫡派的亲生儿子还是在继承家业。

在一流公司的部长中，有人很卖力地工作。或许这样的人实力非凡，但他离开这个职位后真能以同样的水平发挥自己的才干吗？一流公司部长这个职位应该很能说了算，那是因为它所依靠的基础雄厚。

但是，上面两个例子的性质并不相同。

接班的孩子并不是为了努力成为接班人而出生的。而要成为一流公司的部长，则必须考上一流的大学，还必须要通过一流公司超难的入职考试。不仅如此，想当上部长绝非易事。

水涨船高——在船上躺着，只要潮水上涨，就会自然而然地升高。

泥多佛大——如果在那里躺着，是不能弄到很多泥的。况且大佛也非自然形成。

水涨船高，相当于亲儿子接班制度下的少爷。

泥多佛大，则与一流公司部长的例子比较接近。

泥多佛大和水涨船高在让人觉得“理所当然”的层面上相似。但如果仔细地思考一下，在“是否努力”这个关键因素上二者是存在差异的。

在谚语、表达方式中，有很多是成对出现的。如果稀里糊涂地就读过去了，我认为是很危险的。如前所述，你一不小心就会被这些搭配绕进去。

叶落归根[1]

看到园艺用品店中售卖袋装腐叶土后，我不禁吃了一惊。我居住于六甲山麓，在我家附近这东西要多少有多少。真是没想到有人会出钱买腐叶土。

“叶落归根”——叶子落下，回到根部。从字面解释的话，这个词的意思就是：“叶子即便是凋落了，也会成为肥料，被根吸收。被视为没用的东西也会以别的形式发挥作用，世间没有无用之物。”

中国很早以前就出现了这类词语。《荀子》中记有“树落则粪本”这样的句子。

这句话应该解读为叶子落下滋养根本。所谓的滋养只能是成为肥料。本就是根，这句话的意思其实就是落叶成为根

1 “叶落归根”通常比喻事物总有一定的归宿，多指客居他乡的人终究要回到故乡。此篇文章，作者另起他义，角度新颖，可参考。——编者注

的养料。

成书于1世纪的《汉书》中记有："叶落归元。"

这句与上句的区别仅仅是"本"和"元"的用字。最终它们所表达的是一回事。因为该句表达的内容非常现实、实际，所以我们很容易点头说："原来如此。"

但是,《传灯录》中所收录的"叶落归根"却有更深层次的解释。该书将"叶落归根"作为禅宗高僧慧能（638—713）的话收录其中。

"回到事物的根本！"

该书中的"叶落归根"演化出了用来警醒我等俗人的含义。出典暂且放一边，此处很容易给人一种感觉——包含了佛教中轮回的思想。

落叶成为养料被根吸收，然后又从根部向上运行，或许还会成为枝头的叶子。到了秋天，叶子凋落，再度成为养料回到根部……永远地不停循环，细想起来头脑不禁有些发晕。

因为该词被列入禅家的语录中，所以变得更为复杂了。对我等来说，还是现实、切实的解释更适合，理解起来也不会眩晕。

不管什么都有用，这太难得了。今天干了蠢事，也会对将来有用吧！因为叶落归根嘛！如果能那样想，人就不会耿耿于怀了。

诗人龚自珍生活于19世纪上半叶，他在政界未能获得成功。在辞官回乡时，他写了一首诗。诗人将自己比作凋落的红色花瓣——落红。他认为自己不是无情地、平白无故地凋落，而是成为落在土中的春泥（像腐叶土一样的东西），渗入根部，进而滋养树木开出鲜艳的花朵。

“落红岂是无情物，化作春泥更护花。”

有人说他之所以下台与女人有关。总之，以当时的精英观念来看，四十多岁就辞官回乡太过于浪费了。但是，世间没有无用之物——因为不是有句话叫“叶落归根”嘛！他或许正是想到了这句话，进而写出了上面的诗句吧！

龚自珍回到故乡后，执教于丹阳的云阳书院和杭州的紫阳书院。他肯定期待自己的门下能够绽放出美丽的花朵——培养出优秀的人物。

马鹿

秦始皇死后，昏庸的秦二世继位。拥立他的是赵高。赵高是一位宦官，当时拥有很大的权力。或许是由于出身的关系，赵高十分担心群臣是否顺从于他。为了考验群臣的忠顺程度，他找来了鹿。赵高向秦二世献上鹿，曰："马也。"

秦二世笑曰："丞相误邪？谓鹿为马。"

即便秦二世再怎样昏聩，也不至于分不清马和鹿。

赵高曰："马也。陛下以臣言不然，愿问群臣。"

畏惧赵高的人都回答是马，而有气节的人则回答是鹿。当然，也有人默不作声。其后，赵高制造借口将回答是鹿的人逐步肃清。秦二世三年（公元前 207 年）八月，赵高杀掉秦二世后立子婴为帝。子婴乃秦二世兄长之子。九月，子婴刺杀赵高，诛其全族。十二月，项羽攻入秦国首都咸阳，杀掉子婴。此时距秦始皇死刚过三年。其后，项羽和刘邦的争斗持续了五年，最终刘邦获胜，汉实现大一统。汉朝是长命政权，前后共持续了四百余年。

有一种说法认为，因为这个典故，日本开始将不分是马是鹿的人称为“马鹿”[1]。其实，这种说法是错误的。中国没有使用过日语意义中的那种“马鹿”。据说，日语中的“马鹿”出自僧侣们的隐语。真相是：因在其本人或其家属及相关人士面前无法说其“蠢货”，故僧侣由梵语中的“moha”或“mahallaka”取了“baka”这个音来表达此意。

不要觉得汉语中没有“马鹿”这个词，南京动物园的笼子前面就有这样的标牌。汉语中的“马鹿”好像是一种鹿的名字，大概是像马的鹿。我曾见过这样的场景：日本游客让自己的同伴站到写有“马鹿”的标牌一旁，然后吵闹着要拍照。同行的中国人会觉得很不可思议——“为什么只拍标牌呢？”再仔细一看，马鹿这种动物就在角落里，并没有收入镜头之中。他们觉得不可思议也属正常。

向其解释说“在日本，‘马鹿’意思是笨蛋”，中国人这才搞明白事情的原委。

如果在北京打听的话，人们好像并不知道“马鹿”这种

1　日语中的“笨蛋”写作“馬鹿”。——译者注

动物。北京都说“四不像”。“像”在汉语中是“相似”的意思。“四不像”就是像四种动物、但并不是这四种动物的动物。头像鹿，脚像牛，尾巴似马，背似骆驼。但这种体格庞大的动物既不是鹿，也不是牛，既非马，也非骆驼。据说也没给它起个名字，就叫“四不像”了。比起“马鹿”来，“四不像”这个名字更有趣。

“四不像”也用作形容词，意思是“不伦不类”“似是而非”。比如，可以将非常蹩脚的英语称为“四不像的英语”。

最后补充一个“新村说”[1]。“新村说”认为，日语的“马鹿”来源于“若”。训斥不成熟的人会说“wakaa”，进而演变成了“baka”。

1 “新村的说法”，“新村”是人名。——译者注

一字之师

现在的文坛好像不存在师徒关系了，有的作家使用秘书，但我没听过“徒弟”之类的说法，大概作家都没有收徒吧。而画坛、剧坛好像现在依然存在师徒关系。我有次去某画展，会场上有一位老者，身穿和服外褂、裤裙，脚蹬白色短布袜，几位偌大年纪的男子在其面前三鞠躬，称老者为“先生”，老者对身旁的妇人说：“这些都是我的弟子。”

画坛上常有“先生”修改“弟子”画作的。先生果然厉害，只添了一笔，作品就如同画龙点睛一般获得新生。看到这种实例，哪怕是三鞠躬，我都想拜师了。有些诗句，只改动一字，全诗意境陡增，古人把改字的人称为“一字之师”。

据传晚唐诗人郑谷，把僧人齐己的《早梅》诗改动了一字，诗意便更加传神，从此郑谷就被称为一字之师。到底改了什么字呢？这令人饶有兴趣。

“前村深雪里，昨夜数枝开。”

郑谷把这句诗中的“数”改为了“一”。这首诗咏的是早开的梅花，既然是早开，的确“一枝”比“数枝”好。揭晓答案后，您可能会想：“什么啊，原来是这回事啊！”“一字之师”这类典故的特点就是会给人带来“原来如此”的感受吧。

“一字之师”还有另外一种解释：哪怕只教自己一点点，那也是自己的老师。

古代中国儿童启蒙老师教授最基本的一千个汉字，名为《千字文》。教一千个字的人是老师，教一个字的人同样也是老师。

有一则故事，讲的是某位大学者，读错了一个字，被一位小吏指出，该学者便称对方为“一字之师”。类似的还有吉川英治的故事，他常把“吾以外皆吾师”等句子写在纸签上。这些故事都包含了“做人要谦虚”的含义。日语里也有类似的谚语——“負うた子に教えられて浅瀬を渡る”（受教妇婴）。我们不知道何时何地受教于谁、能学到什么，所以要时刻保持受教姿态，为此必须谦虚。我认为这句成语与其理解为“加一笔可唤醒整体的卓越的师父”，不如理解为“妇婴亦可为师”更有趣。

清末诗人龚自珍有一句诗——“本无一字是吾师”，虽然这句诗也有其他解释，但我的理解是“我的诗没有一个字是借用前人的，皆是独创”。这未免有一丝文人特有的轻狂、自负之感。

破天荒

临近高考，大家就会诟病考试制度。的确，现行的制度存在弊病，但是如果废除了高考，恐怕问题会更加严重。日本一部分私立医科大学、齿科大学，形式上举行入学考试，但事实上完全无视考试。那么，结果如何呢？应当说这种做法是对“废除考试制度后会如何”这一问题的有力回答。但结果注定是实力主义消亡，金钱主义横行。

通过考试录用官员，这是中国人的发明，名为“科举”。据说科举制度始于六七世纪的隋朝，这种考试对擅长记忆的人是有利的，但是通过科举能否发现有创造性的人才，对此我深表怀疑。

科举制度确立后，中国在一千几百年间，成为了疯狂迷恋考试的国家。我很尊敬鸦片战争时期的林则徐，但是读了他的日记后，我有点不能释然的是他过度关心科举制度，出了哪些考题，同乡高中的某某名列第几，这些无关紧要的事情在其日记中都一一列出。

日本媒体每年都会报道升入东京大学的高中生所在毕业学校的统计数据，每每都会引发争议。过去中国各省也曾相互攀比合格人数。科举的最高级别——殿试[1]，原则上每三年举行一次，有时也会临时加试，清朝260余年间，共举行过120次。殿试头名叫“状元”，清朝120名状元中，江苏有49名，浙江20名，半数以上状元出自这两个省。

可以说他们充分施展了“江南才子”的才华。而涌现出邓小平、陈毅、郭沫若等20世纪伟才的四川，在清朝260余年间只出了一名状元。

唐代的荆州（也就是现在的湖北和湖南一带）热衷子弟教育，文士书生很多。用现在的话说，此地居民大都手捧诗集或画册，书生气十足。然而此地却没有一个举人考中进士。每逢公布考试结果时，都是一片唉声叹气：“哎，今年又没中啊……”人们甚是失望，称此地为“天荒”。“天荒”指混沌未开的原始状态，同时也可以表示歉收。如此命名，自嘲无人及第。

---

1 原文写的是“会试”，译者改为了“殿试”。——译者注

一百年，两百年，荆州地区一直无人考中进士，此地依然是“天荒”。然而，长沙有个叫刘蜕的人考中了进士。可想而知，此地人们惊喜若狂，相互拥抱、贴脸，热泪盈眶。“这是梦吧？不，不是梦。万岁！终于破了‘天荒’！”

“破天荒”一词就出自刘蜕及第的典故，现在多用来称赞成功穿越北极圈等壮举。原本是从考试地狱中诞生的成语——如乡下的某个无名高中首次出了东大合格者，这才是“破天荒”的真正用法。但是我不怎么想使用这个词。

秋波

秋波，指美女传情的眼神（飞眼），单眨眼也是秋波的一种。这个词并非来源于明确的典故。

“效颦”一词出自春秋末期美女西施的典故。战败的越王勾践为了使吴王夫差堕落腐化，献上了美女西施。相传西施患有肺病，经常捧心而颦（皱着眉头）。邻居有一个丑女认为西施这个姿势很美，也学着捧心皱眉，反而显得更丑，村民无不畏惧，富人闭门不出，穷人举家出逃。《庄子》中也介绍了这个典故。另外，《红楼梦》的女主人公之一林黛玉的昵称是“颦儿”，大概是暗示黛玉的命运与西施相似。“效颦”源于特定人物的典故，可以说来历非常明确。

而秋波与效颦不同，并非源于特定人物的典故，是在不知不觉中诞生的，在我看来是一个非常典雅的词。

美女的眼睛必须是清澈明亮的，用“秋水”一词来形容美女那双水汪汪的眼睛顺理成章。此外，“秋水”也可以形容锋利的宝刀，也可以指代宝刀。美女清澈的双眼与锋利的宝刀，“秋水”的词义跨度太大了。

美女的眼睛静止不动时，目光似秋水，稍稍动一下，目光像什么呢？平静的水面荡起的涟漪是“波”，由此秋波就演变成了女人那清澈、漾动的眼神。

《楚辞·招魂》篇中，屈原用“目层波些”来咏叹微醺的美女的目光。“些”是虚字，是为了保持结构完整而增添的。微醺的美女目光含情脉脉，如层层水波一样，直击男人内心深处。不过，是否是秋天的水波，屈原并没有言明。

“秋波”一词的表层含义是秋风中的湖波涟漪，深层含义是美女传情的眼神（飞眼）。唐代诗人作品中的秋波大都是表层含义，但据我推测深层含义在唐代也已经出现了，只不过是士大夫阶层的李白等诗人没有使用，一定是大家还没有正式认可其深层含义吧。

唐朝灭亡，五代十国开始，各地政权割据，其中南唐定都南京。南唐第三代皇帝李煜是一位“软文学”巨匠，他的一首《菩萨蛮》里面有这样一句：“眼色暗相钩，秋波横欲流。”

到了五代十国，才终于把深层含义的秋波运用到诗词当中。

深层含义的秋波长年湮没于世，这点也为其增添了几分典雅。

飞眼，总觉得令人厌恶；“抛媚眼儿”，过于露骨；单眨眼，又有点轻薄。送秋波，虽然有些陈旧，但让人神清气爽，语感甚好。喜好因人而异，而我特别喜欢秋波的典雅。这个词没有消亡，至今存世，善哉善哉！

尺短寸长

“尺短寸长”是一句缩略语，原句是“尺有所短，寸有所长”——尺也有短处，寸也有长处之意。

在日本，度量衡就要被大家遗忘了，而有识之士正在努力挽救。一半的度量衡都已经消亡了，大概年轻人不怎么熟悉吧。日本的1尺是30.3厘米，1寸是3.03厘米。而中国的尺和寸，与日本的有细微差异，1尺是33.3厘米，1寸是3.33厘米。不管怎样，都是十进制，尺比寸长。然而，这句成语说的却是“尺短寸长”。

意思是“无论多么优秀的人也一定有短处，无论多么平庸的人也一定有长处”，这句成语大大激励了我们这些凡夫俗子。

据《史记》列传中记载，司马迁在秦国将军白起和王翦的传记后，作为鄙语介绍了这句。“鄙”是“乡下”或“老百姓”之意，可以说鄙语就是俗语。这句成语在平民百姓之间流传，给平凡的人们带来了温暖。

白起虽然立下赫赫战功，但最后招致秦昭王和应侯范蠡的憎恨，秦王下令命其自杀。他是杰出的将军，但却残忍地活埋了数十万投降的赵国将士。这是他的短处（巨大的缺点）。王翦也是名将，但他明哲保身，他的孙子王离被项羽俘虏。

即使是在决定天下大势的战争中获胜的名将也有其短处，这点能让我们松了一口气。但非常遗憾的是，《史记》的作者并没有列举平庸之人也有长处的例子。

就像前文说的那样，司马迁把这句成语视为鄙语。事实上，在屈原的《楚辞·卜居》篇中也有相同的表达。这句也不是屈原创作的，而是他引用的俗语。

屈原悲叹自己怀才不遇，于是请易者为其算卦，易者的回答中出现了这句话。

“夫尺有所短，寸有所长；物有所不足，智有所不明；数有所不逮，神有所不通。用君之心，行君之意。龟策诚不能知此事。”（《楚辞·卜居》）

易者放下卜签，说了那番话。真是一位不负责任的易者啊！

另外，汉代以前的尺比现在短，1尺约22.5厘米，1寸是2.25厘米。原本双手十指并拢，从一端到另外一端为一尺，而现行的尺过长了。尽管如此，十进制的长度单位没有错乱。而容积单位从明代（14世纪前后）开始就产生了偏差。

现在日本的一升装酒瓶是1.8升，一斗是18升。汉代以前的一升是0.19升，一斗是1.94升左右。

“斗酒亦不辞。”

对于说出这话的战国豪杰，我们不必惊讶。那时的一斗酒也就是现在的近两升酒，我们周围大概就有几个人能喝这么多的吧。

民以食为天

天，意为至高无上、至关紧要。《史记》里有这样几句话："臣闻之，知天之天者，王事可成；不知天之天者，王事不可成。王者以民人为天，而民人以食为天。"

王者最看重的是人民，而人民最看重的是粮食。换言之，使人民安居乐业、吃饱喝足是王者的第一要务，而其他问题只能排在第二、第三了。

上面那段话是楚汉之争时郦食其向汉高祖刘邦进谏的话。开头用了"臣闻之"，说明后面的几句并非出自他口。据说这几句出自老子。

"食者民之本也，民者国之基也。"

这句讲的也是同样的道理。食不果腹的话，摆出再多华而不实的东西也无济于事。

日本仁德天皇见百姓家中炊烟转疏，于是减免租税。另外，战时侦察敌情，可以根据炊烟判断敌军人数以及军粮数量。当然，也诞生了反过来利用这个常规方法的战术。孙膑曾任齐国将军，与魏国交战，第一日下令设十万个灶，第二日设五万个灶，第三日减少到三万个灶。魏军见到齐军所留灶迹，断定“齐国士兵已经逃跑了一大半”，于是丢下步兵，仅率轻骑兵加速追赶齐军，结果在马陵谷中了埋伏，全军覆没。

孙膑故意减少炉灶，并且为伏击魏军增加了兵力，后人称此战术为“增兵减灶”。

烧火做饭的炉灶是人们生活中必不可少的，也可以说是生活的核心，自古我们的祖先就虔诚地崇拜炉灶。

灶神是最知晓一家生活的神，而且不管人们如何掩饰、欺瞒，灶神都能看穿。中国民间传说灶神每年腊月二十三上天向玉皇大帝进行汇报，除夕夜返回人间。实际上，灶神是玉皇大帝派到人间的谍报员。腊月二十三这天，人们敬献糖果祭灶，目的是塞住灶神的嘴，让他上天时多说些好话。另外，有的地方的习俗是在炉灶上涂抹糖稀。这样做无非是想贿赂灶神。除夕夜，当灶神从天上返回时，人们献上美食，毕恭毕敬地迎接灶神回家，表达“明年也请多多保佑”之意。

这些传说或习俗告诉我们炉灶与人们的生活是紧密相

连的，同时也证明了“饮食对人来说的的确确就是天”这个道理。

政治是从让人们填饱肚子开始的。如何使人们果腹，这是长期以来一直在研究的一个课题，而且一切学问都与此相关。

东西南北人

古时候的人，一有什么事情就立刻占卜，而且任何事情都可以占卜。例如，晴天是吉，降雨是凶。新年伊始，如果卜了降雨凶卦的话那可不得了。因此定正月初一占鸡，也就是占卜今年鸡是否增肥、增多，是否不生病，能否多产蛋之类。即使出现凶卦也无所谓，毕竟卜的是鸡。

正月初二占狗，初三占猪，初四占羊，初五占牛，初六占马。

初七，终于轮到占人，因此自古以来就把正月初七称为“人日”。

这一天，如果刮风下雨的话，占卜的结果应该为凶，但也有很多种办法可以化解，施法消灾便可逢凶化吉。一种方法是将七种草本植物熬制成粥，喝下便可。当然，各地选取的种类大有不同，毕竟中国幅员辽阔，有的植物东部有但西部不产，这种情况很常见。

后来这种习俗传入了日本，称此粥为“七草粥”。日本所选取的七种植物是水芹、荠菜、鼠曲草、繁缕、稻槎菜、芜菁、白萝卜，且种类被固定了下来。

正月人们总是容易吃多，初七这天食用清淡的蔬菜可以使胃肠得到舒缓，“七草粥”里便包含了这种生活智慧。古人特意为我们设计了这样一个合理的仪式，然而却被后世子孙破坏了。

“人日是特殊的日子吧？”

“嗯，是的。”

“既然是特殊的日子，那和其他节日一样，咱们也办个酒席吧！”

“啊，那太好了！”

如此这般，人日竟然也成了宴请亲朋好友、互赠礼物的一个节日。古人的努力全都白费了。

同样是互赠礼物，如果是互赠诗歌的话就文雅得多了。唐代成都府尹（市长）高适，在某年人日这天，给杜甫寄了一首诗。当时诗人杜甫流寓成都，住在浣花草堂。高适写的是一首七言古诗，最后一句是：“龙钟还忝二千石，愧尔东西南北人。”

"龙钟"，形容身体衰老、行动不便。这句话的大意是：自己老迈疲癃之身，辱居刺史之位，拿着二千石的俸禄而无所作为，内心有愧于你，因为你是"东西南北人"。

所谓"东西南北人"指的是居无定所、到处漂泊流离的人。漂泊不定，所以没有一官半职。无官可做，又不得不四处流浪。

似乎做官的高适非常羡慕杜甫那种四处流浪的自由生活，自己虽然高官厚禄，但完全没有自由，对此感到十分羞愧。

收到这首诗后，恐怕杜甫会苦笑着说："你这玩笑开得让我不知如何是好啊！"

杜甫并非是因为向往这样的生活才到处漂泊，而是因为无官可做才不得不四处流浪、勉强度日的。

"如果可以的话，我也想成为像你那种既有固定收入又有权力的人啊！……"

三十六计

“三十六计，走为上计。”这是很常用的一句成语。

这是中国南北朝时期，南齐明帝永泰元年（498年）发生的一件事。明帝是南齐创立者齐高帝的侄子，虽是旁系，但他杀了高帝的两个儿子，自立为帝。即位时，明帝杀了反对他的十四位皇族，患病后，又杀了幸存的十位皇族。之所以这么做，是因为害怕高帝嫡系子孙篡权吧。而且，他不仅害怕具有继承权的皇族，也惧怕那些建国功臣。

其实，那些建国功臣也担心自己不知何时会被杀头，终日战战兢兢。开国元勋、担任会稽太守兼大司马的70多岁的王敬则，忍无可忍，举兵造反。朝廷被其声势吓得惊慌失措，说好听的是连战连败，其实并没有怎么应战，只是一味地撤退。老将王敬则嗤之以鼻，嘲笑道：“檀公（刘宋王朝的名将檀道济）三十六策，走是上计，汝父子唯应急走耳。”意思是檀道济有三十六条计策，走为上计，多选择撤退，而你们（明帝和皇太子宝卷）没有三十六策，只是一味地逃跑罢了。

他真不该如此得意扬扬。后来遭遇突袭，全军覆灭，老将王敬则也被斩杀。

三十六策就是三十六计，到底指的是什么，无从知晓。数字三十六大概是形容数量多吧。

然而，1941 年在陕西省乡下（邠州，今陕西省彬县）的一个旧书摊上发现了手抄本的《三十六计》，然后在成都进行了翻印。但该书错字较多，有些篇章意思不通，不禁令人生疑。令人生疑的这本《三十六计》里确实列出了三十六条计策，下面我们来看几条。

声东击西。表面上扬言攻打东面，用以迷惑敌人，造成敌人错觉，然后出其不意攻击西面。

上屋抽梯。引诱敌人爬上屋顶，然后撤下梯子。

空城计。大开城门，使敌疑中生疑。

美人计。见字便知其义。

树上开花。此计百思不得其解。树上开花是理所当然的。

无中生有。从无中生出有来，我真想请教一下此计是如何施展的。

等等。该书作者煞费苦心，收集了三十六条计策，但仍有很多不合适或遗漏之处。本书介绍过的“打草惊蛇”，也被收录其中，荣幸之至。但“民以食为天”那篇文章中介绍的十分高明的计策——“增兵减灶”却没有被收录，甚是遗憾。

谁能更加缜密地编纂一本《三十六计》呢？

堕甑不顾

6世纪前后，中国确立了科举制度，在那之前并没有“考试鬼门关”。那么，那时的年轻人就不用功读书吗？绝不是的。“囊萤映雪”等刻苦读书的故事都出现在科举制度之前。那时虽然没有考试，但大家同样勤奋努力。

在确立科举制度之前，录用人才主要依据门第世袭或举荐。但不管任何时代，为了能够顺利开展工作，都需要有才能的人。假如推举的都是些傻瓜笨蛋，那么举荐人就会失去信誉，也就不会有人求其举荐人才了。因此，在当时出现了类似人才鉴定师的职业。

2世纪，东汉时期，有一位名士叫郭泰，字林宗，据《后汉书》记载，此人“性明知人”（有识人慧眼）。

其实，郭泰并非直接发现有学问之人，而是发现具有潜力的年轻人，然后劝其求学。得其奖掖的后辈中，有一青年叫孟敏，字叔达。一日孟敏背着买的甑（古代瓦制器皿）往回走，途中不慎失手，甑坠地打破了，但孟敏头也不回继续向前走。名士郭泰目睹此幕，上前叫住孟敏，问其缘由。孟敏答道："甑已破矣，视之何益。"

孟敏对破甑毫不惋惜，郭泰觉得他很不一般，就劝说他去游学。十年后，孟敏名闻天下。但是，不管别人如何举荐，他都未曾踏入官场半步。对破甑毫无留恋之人，也不会留恋乱世吧。东汉末年桓、灵二帝时期，政权衰败，士人集团同宦官集团之间的斗争日益激烈。对孟敏来说，那时的官场就犹如失手坠地的破甑吧。

两百年后，4 世纪的东晋时期，有一人叫邓遐，担任竟陵太守，后被宰相恒温罢免。恒温，官拜大司马。大司马是东晋最高官职，权势极大，无人能与之平起平坐。

邓遐，东晋猛将，平南将军邓岳之子，勇力绝人，气盖当时，时人赞其樊哙再世。恒温有意夺取帝位，但忌惮刚正不阿的邓遐，于是编造借口将其罢免。

后来，参加皇帝的葬礼时，邓遐拜见了大司马恒温。

恒温问道："卿何以更瘦？"

邓遐回答："有愧于叔达，不能不恨于破甑！"[1]

堕甑不顾的人很了不起，一直盯着堕甑（失去的官职）的人也不是等闲之辈。

恒温在野心达成之前过世了。不久邓遐也死了，死后被追赠庐陵太守。可以说邓遐终于实现了夙愿。

1　孟敏，字叔达。此句的意思是：我有愧于两百年前的孟敏，我一直盯着堕甑，才如此消瘦的。——译者注

完璧

“完璧”一词现在的意思是“完美无缺”，但原本指的是“保全玉璧”。

璧，中国古代的一种玉器，扁平，圆形，中间有小孔。自古以来，中国人不分男女都非常喜欢玉。好像钻石那种灿烂夺目的宝石并不符合中国人的审美。按照中国人的审美，温润细腻、色泽柔和的美玉才是至宝。宋瓷是享誉世界的艺术品，其实正是为了在瓷器上表现出玉的那种美，才创造出了宋瓷。

世界著名的钻石有英国玛丽王后王冠上镶嵌的“库里南”、“非洲之星”以及“奥洛夫”等。中国战国晚期的“和氏璧”是历史上著名的美玉，赵惠文王（公元前 298— 公元前 266 年在位）得到楚国的和氏璧，秦昭王听说此事后，提出愿意用 15 座城来换取和氏璧。当时正值秦国统一天下的前夕，国力十分强盛。

在弱肉强食的当时，秦国真会用15座城交换吗？大有可疑。倘若和氏璧被拿走，又得不到15座城，那对赵国来说就是悲剧了。于是蔺相如毛遂自荐带着和氏璧出使秦国。

蔺相如到秦国后，把和氏璧呈献给秦王。秦昭王把和氏璧传给嫔妃及侍从人员看，她们欢欣雀跃，叽叽喳喳。群臣高呼“万岁”。而秦王丝毫没有把城池换给赵国的意思。说以物交换，让其带来宝物，最终强迫其进献，这是掌权者的一贯伎俩。

蔺相如上前说：“璧有瑕，请指示王。”

秦王把和氏璧交给蔺相如。于是，蔺相如捧着璧退到柱子旁说：“赵王乃斋戒五日，使臣奉璧。大王得璧，传之美人，以戏弄臣。臣观大王无意偿赵王城邑，故臣复取璧。大王必欲急臣，臣头今与璧俱碎于柱矣！”

蔺相如打算连璧带头一起撞碎在柱子上。秦昭王怕他撞碎和氏璧，赶忙召唤负责的官吏察看地图，指点着说要把从这里到那里的15座城划归赵国。按照秦国一贯做法，可以断定秦国守约的可能性微乎其微。

于是蔺相如说：“今大王亦宜斋戒五日，臣乃敢上璧。”秦王答应斋戒五日。蔺相如悄悄打发随从穿着粗布衣服，怀揣着那块璧，从小道逃走，把它送回赵都。

五日后，蔺相如对秦王说："臣诚恐见欺于王而负赵，故令人持璧归，间至赵矣。且秦强而赵弱，大王遣一介之使至赵，赵立奉璧来。今以秦之强而先割十五都予赵，赵岂敢留璧而得罪于大王乎？臣知欺大王之罪当诛，臣请就汤镬，唯大王与群臣孰计议之。"说完摆出一副视死如归的架势。

秦王没有杀他，大概是迫于当时的外交而不能杀吧。蔺相如也是深谙此道才演了一出"完璧归赵"的好戏吧。

春眠不觉晓

早上睡过头，醒来后一般会挠着头说“春眠不觉晓”。

这句诗的作者是唐代的孟浩然，要是知道自己的代表诗句被用作睡懒觉的托词的话，他一定会面露不快。我[1]认为，令原作者更加不满的是大家对他作品的误解吧。

在日本，大家非常熟悉《唐诗选》中收录的唐诗。“春眠不觉晓”这首也收录在其中，题为《春眠》，是一首五言绝句。短短20个字，字句也不难，可以说简单易懂。但是，诗句越短，理解方式可能更多，这首诗我就有我自己的理解，遗憾的是我的观点是少数。在我读过的唐诗注解里，从没有见过和我观点相同的。

春眠不觉晓，

1　着重号是笔者添加的。——作者注

处处闻啼鸟。

夜来风雨声，

花落知多少。

多数人是这样理解的：春日里贪睡不知不觉天就亮了，到处可以听见小鸟的鸣叫声。回想昨夜阵阵风雨声，不知吹落了多少娇美的花朵。

也就是说，春宵梦酣，一觉醒来，天已大亮。

但是，我不是这么理解的。

对风雅之人来说，春光惹人怜惜，发自内心希望春天能停下脚步。这种希望过于强烈，以至于夜不能寐。风雨之夜，更是担心不已。

花，不要紧吧？落了多少？风啊，停下吧！雨啊，别下啦！

躺在床上，暗中祈祷。太过挂念，无法入眠。直到拂晓时分，才昏昏沉沉地睡去，因此不知天明。而不是从黄昏酣睡到拂晓而不知天明。凌晨两点、三点的钟声，声声入耳，只是拂晓时没有察觉。

吏部尚书同诗人孟浩然约好带他进京，结果孟浩然与友人通宵畅饮而失约。对此，孟浩然毫无悔意。诗人因为惜春，听着风雨声无法入眠，这样理解比较合理吧。

“夜来”的“来”字，可以看作助词，包含一直持续的语感。之后的诗人白居易有一首诗，叫《卖炭翁》。烧木炭的老翁，担心天暖卖不出去炭，所以“心忧炭贱愿天寒”，终于天寒了，下雪了。

白居易写“夜来城外一尺雪”。我们可以想象半夜里烧炭的老翁一边念叨着“快下雪吧！快下雪吧”，一边时不时把窗户开个小缝，望向窗外。大概诗人孟浩然也曾因为担忧风雨打落花瓣，在半夜三更起床，下地开窗，望向窗外吧。

这首诗表达的是热爱春天和怜惜春光的那种细腻的情感，然而现在我们把这句诗用在反应迟钝、无所事事的人身上。其实，这句诗更适合形容高考前夜的学生。

各位考生，考试前夜请不要忧心忡忡！睡到不觉晓，对考试毫无益处。

蒙尘

六波罗军队攻陷笠置，后醍醐天皇与万里小路藤房落荒而逃。[1]君臣侧身树荫之下，枝叶上的露水扑簌簌滴落，衣袖尽湿。天皇见此景作歌道："此离笠置山，天下再无藏身处。"

藤房对道："暂寄松荫下，冷露滴落湿衣裳。"

其实，这首和歌中的"露"字是诗眼。一般认为，身份高贵之人是绝不能被露水沾身的。比如古代宫中举行蹴鞠大会前，杂役会先把鞠踢向周边的树干，将树上的露水震落，这被称为"除露"。之后，这个词又有了"先驱、开道"的意思，甚至成了相扑运动上场仪式的一个用语。

天子外出时，不仅是露水，连灰尘也不能沾身。因此天子出行前，要先仔细清扫道路。

1　史称"元弘之乱"。——译者注

天子的日程安排，通常是数月前就定下来的，天子外出前，可以多次清扫道路。天子乘车或坐轿，在一尘不染的路上徐徐前行。但是，临时外出，就不能提前清扫道路了。比如外敌突然入侵，天子出逃的时候，当然这种情况少之又少。

道路没有清扫，路上尘土弥漫，灰尘便会落在天子身上。

蒙尘（蒙上灰尘），这个词就是来源于此。

因为受到敌人袭击、发生军事政变，帝王选择出逃避难时，就使用“蒙尘”这个词。

“蒙尘”出自《左传》。公元前636年，周襄王受到狄人进攻，逃至郑国。明明可以清楚地写“出逃”，但按照春秋时期的笔法写成：天子蒙尘在外。

写得非常含蓄。

那么，身为天子的周襄王为何会受到狄人的突然袭击呢？人们常说事件背后有女人问题，这就是一个典型的例子。

当时的周王，虽贵为天子，但有名无实。尽管如此，仍自觉气度不凡，想掌控天下。那时，郑国完全不听周王之言，周襄王欲讨伐郑。当然，仅凭自己的力量无法行动，于是与狄人结盟联合伐郑。联姻结盟是古今惯用的方法，周立狄女为皇后。然而政治婚姻并无爱情，不久，周襄王休了狄女。

狄人大怒，攻打周王。

不久之后周襄王借晋文公（当时的一个诸侯）之力重返天子之位。但是，一度“蒙尘”的天子，愈发有名无实了。晋文公对周襄王说：有要事，请来河阳！

周襄王迫于其势力，不得不前往。孔子写《春秋》时将此事讳写成：天王狩于河阳。

并非出去狩猎，实则是被晋文公召唤。“蒙尘”也好，“狩猎”也好，春秋笔法着实令人焦心！

亡羊补牢

基督教把人比作“迷途的羔羊（stray sheep）”。是羊“心不在焉”迷失方向而走失，还是羊想要自由出逃而四处徘徊？恐怕这两种情况都有吧。人有时期待出现一位强大的领导，有时又想逃脱领导严厉的监督。

日本畜牧业不发达，与羊有关的成语不多。而中国畜牧业比较发达，与羊有关的成语很多。其中，有几个成语里都使用了“亡羊”，“亡羊”意为“丢失了羊”。例如，“亡羊补牢”，“牢”，关牲口的圈。意思是丢失了羊之后修补羊圈。日本人听到这个成语的意思，大概立刻就会想起“泥縄”这个词吧。

“泥棒を捕まえて縄をなう(临渴掘井)。”

意思是出了事以后才匆忙想办法，含有嘲笑的语气。与“临阵磨枪”成对儿使用，表示一种不好的状况，通常用于说

教，如“泥縄式ではいけないよ”（临阵磨枪式的学习，可不行啊）。

但是，二者的语义不同，“亡羊补牢”包含“应当如此”这种肯定含义较多，而“泥縄”是“不能这样”。

羊圈破了，羊丢失了。如果不修补羊圈，放入羊后一定还会丢失。因此，要修补破洞的羊圈。

“亡羊补牢”这个成语出自《战国策·楚策》。

楚国大臣庄辛多次向楚顷襄王进谏，但均未得到采纳，于是申请到赵国避难。驱逐屈原的也是顷襄王，如此看来，这位顷襄王一定是昏庸无能。果然不久楚国就被秦国攻破，顷襄王逃到城阳。于是，顷襄王尽到礼数，召请庄辛。

顷襄王问庄辛：“今事至于此，为之奈何？”

庄辛回答的开场白是“见兔而顾犬，未为晚也；亡羊而补牢，未为迟也”。

狩猎时，原本是猎犬搜寻兔子。猎人发现兔子后，召唤猎犬：“那里，快追！”这样虽然慢了一拍，但也可能抓住兔子，因此并不算晚。同样，疏于检查羊圈丢了羊，虽然令人悲伤，但之后修补羊圈的话，就不会再丢羊了。

庄辛的这番话，其实是在鼓励顷襄王“没关系，并非已经无法挽救”。

那么，庄辛谏言顷襄王的究竟是何事呢？是男同爱好问题。那时的顷襄王十分宠爱夏侯、寿陵君等男宠，专淫逸侈靡，不顾国政，对忠臣的谏言完全听不进去。

亡羊之叹

杨朱，公元前 4 世纪（战国初期）的思想家，与孟子是同时代的人，别称扬子。他提出“为我说”，主张极端个人主义的思想。孟子说“杨子取为我，拔一毛而利天下，不为也”。或许因为孟子等人视其思想为异端，所以他的著作没有传世，后人不了解他的思想体系。可以说他是像谜一样的思想家。

《列子》中记载了他的一个典故。一日，杨朱的邻人前来请求支援：“请借我一些年轻的帮手！”问其理由得知他家走失了一只羊，全家出动去寻找了。

那时盛行大家族主义，堂兄弟、从兄弟都居住在一起，“全家”出动意味着相当多的人。仅仅为了一只走失的羊，竟然请求邻居支援，这点非常不可思议。于是杨朱问其缘由，邻人答道：“多歧路。”即便是 100 个人出去寻找，在第一个岔路口处就要兵分两路，然后每条岔路中再有岔路，不久就变成 25 人、十几人、几个人，最后也许变成零。因此，需要更多的人手，哪怕是多一位。

杨朱派出家里的年轻人帮忙去找羊了。“为天下一毛不拔”只是他提出的学说，而学说理论和现实生活二者并不一致，这点从古至今都是一样的。

寻羊的一行人返回后，杨朱询问结果——“丢掉了！”

这就是成语“多歧亡羊”——因岔路太多无法追寻而丢失了羊。杨朱听此结果，叹道：“大道以多歧亡羊，学者以多方丧生。”学问之路亦多歧路，有时也会迷失方向，徘徊不前。“多方”指学问的方法很多，为选择方法而困惑。向左，还是向右？遇到岔路，时而向左，时而向右，不久就会丧失做学问的根本。这种叹息就是“亡羊之叹”。这个成语用来悲叹不知从哪里着手或者一直囿于细枝末节而抓不住根本的状态。

另外，唐朝的儿童启蒙教材《蒙求》一书中有一句“杨朱泣歧”，但内容稍有不同。这里介绍的典故与羊没有任何关系。讲的是杨朱来到岔路口，呜呜大哭。本来人性是相同的，但是人生充满歧路，有的人向善，有的人向恶，为此杨朱悲痛而泣。

《蒙求》中，“杨朱泣岐”和上句“墨子悲丝”成为对偶。“墨子悲丝”讲的是提出兼爱说（博爱主义）的墨子见素丝而泣的典故。素丝，即白色丝绸，白丝染色，染于黑则黑，染于红则红。人性犹如白丝，本同末异，清浊悬殊，故墨子见素丝而泣。

个人主义者和博爱主义者有如孪生般相似的典故，这未免编得有些过于完美，还是“亡羊”的典故更有趣。

读书亡羊

我再介绍一个和“亡羊”相关的成语。

现代汉语中“亡羊”读作“wáng yáng”，这两个音都很容易发。虽然“亡”字含义不好，但与“王”字同音，从音节上挽回了几分印象。“羊”与“阳”“扬”“洋”发音相同，很有气势，与“亡”字结合构成“亡羊”，整个词的语感并非那么让人讨厌。

这个成语典故出自大家熟知的《庄子》一书。

臧与谷两位仆人去放羊。虽说是仆人，但春秋战国时期的仆人其实是没有自由的奴隶。据注释中的说法，当时为了增加作为生产力的奴隶人数，给女奴招夫，上门的夫婿就被称为“臧”，而年幼的奴隶称为“谷”，另一种说法认为“谷”指女奴。

根据典故中二人的性格，我们可以认为“臧”是可以娶妻的成年仆人，而“谷”是十几岁的少年仆人。主子吩咐二人去放羊，结果二人都把羊弄丢了。

主子询问：“怎么把羊弄丢了呢？你究竟干什么事情去了？”

臧答道：“挟筴读书。”

“筴”通“策”，在发明纸张之前，把写了文字的竹简装订在一起就是“策”，即书籍。与纸质书籍不同，那时的书简体积很大。臧把书简夹在腋下，专心阅读，忘记了看羊，最后把羊弄丢了。

对同样的问题，谷回答：“博赛以游。”“博赛”即赌博，谷与同伴玩掷骰子，玩入了迷，忘记了照看羊。

庄子认为：“二人者，事业不同，其亡羊同也。”读书是值得表扬的，而赌博是不良行为。但是入了迷忘记了看羊，造成了“亡羊”这一结果，从结果来看，读书和赌博二者没有差异。之后，庄子提出极端的结果主义论，认为圣人伯夷与极恶无道的盗跖之死等同。好像这种理论与虚无主义有直接关系。

以结果来评价人的世界，有些无可奈何，但这就是现实吧。

有句谚语说“不管黑猫白猫，捉到老鼠就是好猫”，仿照上句我们可以说“不管读书还是赌博，弄丢羊的仆人就不是好仆人”。

提到“亡羊”，想起了另一句俗谚——“亡羊得牛”（丢掉羊，得到牛），这句并非源自古典。“亡羊得牛”会让人想起日本的俗谚——“蝦で鯛を釣る(用小虾钓大鱼，抛砖引玉)”，但二者语感稍有不同。“亡羊得牛”的意思是：损失小的，收获大的，没有必要吝啬。因此，可以把“亡羊得牛”看作“安物買いの銭うしない”（便宜没好货，贪贱买老牛）这句日本俗谚的反义词吧。

混沌

"混沌"一词，现在用来形容"浑然一体、模糊不清的状态"，但原本好像是传说中太古时代一位帝王的名字。

据《史记》记载，从前帝鸿（黄帝）有个不成才的儿子，行为不端，胡作非为，天下人称他为"混沌"。大概皇帝的那个不孝子另有名字，混沌只是他的绰号。

——人若混沌。

人们这么说他，那么一定是更早之前有人叫混沌。

《庄子》一书中介绍了混沌的一个非常有名的典故。

混沌是中央的帝王，两侧是北海和南海，北海的帝王叫忽，南海的帝王叫倏。一日忽和倏在混沌之地相会，混沌热情款待了二人，二人对此大为感激。

——咱们报答一下混沌吧。

——嗯，好啊。如此盛情款待，不报答他于心不安啊！

——那么，如何报答呢？

——想让他高兴一下。

——好啊。可是，他不能像我们一样享受快乐，毕竟他没有七窍啊。

窍，孔的意思，人的头部有七孔，即两眼、两耳、两鼻孔、一口。正因为有这七孔，人才可以看到美景，闻到芳香，倾听美妙的音乐，品尝美味。七孔是人接受快乐的路径。可是，混沌生来样貌浑圆，没有七窍。即使忽和倏想让混沌快乐一下，他也没办法享受。

——那么，为了让他能和我们一样享受，我们给他凿开七窍吧。

——那很好！那很好！

二人商定后，开始在混沌的脸上凿孔，每天凿一孔，第七天就会完成。然而，到了第七天，当第七个孔凿好后，混沌死了。

这是哲学上的一个典故。

本来忽和倏二人认为的“乐趣”，对混沌来说是否也是乐趣，这点不得而知。或许样貌浑圆、没有脸面的混沌也有属于他自己的乐趣。不，或许他超凡脱俗，早就脱离了趣味。为他凿七窍是别人自以为是。虽然出于好意，但不得不说是多管闲事。当然，或许混沌早已超脱了死亡。但后世的人，因为他没有眼睛、耳朵，就误解他不懂道理，把“混沌”这个绰号给了黄帝的那个不孝之子，这也是自以为是，但已经去世的混沌不会为此发怒吧。

此故事收录在《庄子》内篇中最后一篇（“应帝王”）的结尾，可以把它看作庄子思想的总结。后人把庄子的思想体系和老子的学说并称为“老庄”，有时也把庄子思想称为“混沌之术”。

五里雾中

张楷，东汉建和三年（148 年）过世，享年 70 岁，据此推算他应该出生于建初四年（79 年）前后。

年号“建和”，十六国时期的南凉使用了两年（400—401 年）；而年号“建初”，4 世纪的后秦和 5 世纪的西凉也曾使用过。此外，14 世纪日本后醍醐天皇在位期间使用的年号“建武”，中国东汉建立者光武帝从公元 25 年至 55 年就曾使用，共计 31 年，之后 4 世纪的东晋、后赵、西燕以及 5 世纪的南齐也曾使用，中国历史上这个年号一共使用过五次。

张楷学问精湛，但一生没有做官。朝廷曾多次征召，他都谎称生病拒绝不应。

张楷父亲张霸，担任会稽太守、侍中等要职。那时会稽地区（今浙江省）治安不好，于是张霸兴办教育，教化盗贼，使会稽地区大治。

那时人们真心相信方术、道术、妖术之类。

《后汉书》是一部纪传体史书,《后汉书·张楷传》中记载张楷“能作五里雾”。

东汉时期的一里相当于现在的450米左右，那么五里就是两千米多。也就是说，张楷能使两千多米的范围内云雾弥漫，什么都看不见。据我推测，他应该是造出了一个大型烟雾装置。在中国，尤其是诗歌当中，通常把烟、霭、雾三者视为一物。张楷造出了一个长达数里的巨大烟幕，见到烟幕的人们，无不惊叹道:“造了五里雾，真厉害啊！”不过，造出五里云雾后，张楷是否借此云雾做了什么惊人之事，史书中并没有记载。

当时有一个人品不怎么好的人叫裴优，他能造三里雾，约1.25千米，但无论如何他也造不出五里雾，于是他向张楷求教。张楷看出他品行不端，非但不教，甚至避而不见。

果然后来裴优造雾行窃，被官府捉住。裴优对不肯传授五里雾作法的张楷怀恨在心，对审讯官吏作伪供，诬陷“三里雾之术是张楷教的”。张楷受牵连，被投入狱中。我们这些看客大概会想“造出五里雾，逃走便罢”，可是学者张楷不作任何抵抗。两年后，案件澄清，张楷被无罪释放。在狱中，张楷诵读经籍，悠然自得，并执笔撰写了《尚书注》。

过世之前，张楷年高七十，朝廷又来征召。不得不说朝廷也是非常执着。张楷以疾辞，但此次并非装病。

成语“五里雾中”现在一般用来形容模糊恍惚、不明真相的状态。

人尽可夫

郑国是春秋时期的一个诸侯国，位于今天的河南省，当时的郑州、新郑等地名一直保留至今。郑国距东迁后的周国都洛阳不远，属于“近畿地方”（临近国都的地方）。郑国靠近文化中心，具有都市生活的那种高雅风气，但好像又有几分轻浮。

郑国的鼓乐，被斥为“亡国之音”，因为描写爱情的诗歌比较多。《诗经》中有郑诗二十一篇，用朱熹的话说，半数以上是“淫奔之诗”。像朱熹这类传统的儒家学者认为，情诗扰乱风纪，国之将亡，因此怒斥情诗是亡国之音。

郑国之北是卫国，卫国的诗歌也是“淫奔之诗”，朱熹在《郑风》题解中说：“郑卫之乐，皆为淫声。”而且，“卫犹为男悦女之词，而郑皆为女惑男之语”，因此“是则郑声之淫，有甚于卫矣”。

今天我们朗读《诗经·郑风》，丝毫感觉不到所谓的“淫奔”，只是觉得非常天真浪漫。例如：“洧之外，洵且乐。维士与女，伊其将谑，赠之以勺药。”[1]

郑厉公四年（公元前697年），祭仲[2]专擅国家大权。正是祭仲从众多公子中选择郑厉公让他即位的，因此郑厉公对祭仲的专横是敢怒不敢言。于是，郑厉公派心腹雍纠去暗杀祭仲。

雍纠是祭仲的女婿，因为这层关系，所以下手的机会比较多吧。然而，雍纠将此事和盘托出，告诉了妻子祭姬。祭姬不知如何是好，问其母：“父与夫孰亲？”

其母回答：“父一而已，人尽夫也。”

这里的“人”指的是男人。

天下任何男子都可能成为一个女人的丈夫，而父亲却只有一个。

好像日本的流行歌曲有“男人都是狼”这样一句歌词，而祭仲的妻子教给女儿“人尽可夫”。父与夫孰亲？答案显

1　出自《国风·郑风·溱洧》，意思是：“洧水对岸好地方，地方热闹又宽敞。男女结伴一起逛，相互戏谑喜洋洋，赠朵芍药表情长。”——译者注

2　原著中写的是“蔡仲”，译者改为“祭仲”。——译者注

而易见。于是，祭姬把丈夫的阴谋告诉了父亲，祭仲勃然大怒，杀死雍纠，并在大街上陈尸示众。

祭仲既是掌权者，又是郑厉公的拥立者，郑厉公拿祭仲毫无办法。暗杀祭仲之事已经败露，郑厉公不得不出逃。祭仲迎接郑昭公回到郑国复位。

出逃时，郑厉公破口大骂死去的雍纠："谋及妇人，宜其死也。"（大事和妇女商量，该死！）

郑国的诗歌里流淌着郑人"人尽可夫"的性情吧。

食指大动

下面说一则发生在郑国的故事。

这件事发生在公元前605年，是“人尽可夫”之后又过了92年。虽相隔时间长，但对现在的我们而言，公元前的一两百年时间，并不会让我们产生岁月流逝的感觉。

如前文所述，郑国位于今河南省内，一些思想刻板的学者批判其为淫荡之国。用现在的话说，或许应该说郑国“非常发达”。郑国似乎有着都市般的潇洒和不羁，想必孔子一定不会喜欢。郑国人爱开玩笑，风趣幽默。的确幽默是机智的一种体现，但幽默也要适度。

当时郑国的君主为郑灵公，是郑厉公的曾孙。郑厉公本欲杀掉当时权倾朝野的祭仲，但因行动失败，只得落荒而逃。郑灵公喜欢挖苦他人，是个心术不正的人。

后来，楚国有人向郑灵公进献了一只鼋（龟鳖科中的一属）。在当时看来这可是稀有之物，即便是现在也是不可多得的珍馐。郑国的大臣子公和子家，正准备一起去朝见郑灵公。路上，子公却做出一个奇怪的动作，他右手的食指竟抖了起来。当时，从左往右的第二根手指叫作“食指”。

“怎么回事？”子家问。

子公答：“食指一旦动起来，定能尝到新奇的美味。”

在这里，我用了“新奇的美味”的说法，即表示一些平时吃不到的东西。实际上，在《史记》中写的是“异物”，《左传》中则写作“异味”。

二人进宫之后，宴会场上果然出现了“鼋羹”。

“快看！果然如此！”子公得意地笑了笑，然后朝子家望去。

郑灵公见状，问：“有什么不对的地方吗？”

“实际上，事情是这样的……”子家说明了来龙去脉。

我觉得，子公应该早就得知楚人献鼋之事，毕竟这种事情也不是秘密，也可能是在闲谈中听到的，所以他猜“今天定有美味的鼋羹”，出于幽默，才动了动食指给子家看吧。

“哼！”心术不正、喜欢讽刺的郑灵公哼了一声。“难道真有什么前兆吗？”

宴会开始后，郑灵公下令“不许给子公赐羹”。郑灵公心里肯定在想：“怎么样？你的前兆也不准啊！我看你怎么办！”

但子公是个急脾气，被这么一说便气上心头，他走到熬鼋羹的鼎前，用手指蘸了蘸鼋羹，放在嘴里尝了尝，拂袖而去。

好像在说：“我的前兆就是这么准！”

子公的这个举动，彻底激怒了郑灵公，他暗下决心非要除掉子公不可。

子公也知道，在众人面前顶撞了主公，肯定难逃一死，所以只能在被杀之前先杀掉郑灵公。于是他和朋友子家二人合力，杀掉了郑灵公。

纵然是在春秋时期，因这种荒唐事而被杀掉的君主也并不多见。所以，成语“食指大动”的由来实际上充满了血腥味。看来，因为食物而产生的怨恨实在是可怕。另外，对待幽默，我们是不是应该更加宽容一些呢？

白眼

阮籍（210—263），竹林七贤之一，虽年龄上不及好友“山涛”，但论实力，在竹林七贤中可谓首屈一指。竹林七贤都不拘于礼法、放荡不羁，阮籍尤为出名。据说，阮籍的母亲去世时，他正和别人下棋，但他没有停手。后来，他一口气喝了三升（相当于日本的三合，一合为十分之一升）酒，然后失声痛哭，吐了很多血。按当时的“礼法”，在为父母服丧期间，禁止饮酒或食肉，但阮籍对此全不在乎。

阮籍生活在魏晋时期，最后晋朝司马氏族取代了曹魏政权。阮家曾效力于曹魏政权。当时，魏、晋均未能统一天下，四川成都有蜀汉朝廷，南方有孙吴政权，可以说，三国鼎立的局面仍然延续。

还有一种说法认为，阮籍的放荡不羁是在乱世中安身立命的权宜之计。在那个时代，很多贤能之士仅因其才干广为人知而被杀害。若收为己用，自当委以重任，若被敌拉拢，必成心头大患，因此，君主对德才兼备之人必然会加以防范。既然如此，选择在竹林里饮酒抚琴、纵情吟唱，这种无拘无束的生活自然能让君主放心，毕竟在外人看来，这种生活对谁都没有坏处。

当时，人物评论十分流行，但在阮籍的作品当中此类内容却很少。由此观之，他也不乏谨慎的一面。表面上看，阮籍对任何事情都不拘小节、放荡不羁，但实际上，他也是个小心谨慎的人。“不言碎语”是阮籍的座右铭吧。即便有客登门造访，他也不主动打招呼，只是凝视对方。一旦来人是脾性相投的好友，他就用青眼——两眼正视；可一旦来的是讨厌之人，他就会用白眼——两眼斜视，露出眼白。

“冷眼相待”一词正源自阮籍的故事，是指蔑视他人或用冷淡的态度对待他人。不言而喻，被冷眼相待的客人，定会败兴而归。通常情况下，对前来拜访的客人说“请回”，这样做不太合适。但如果以冷眼待客的话，既可表明态度，又可不费口舌。现如今，一般人家的大门和宾馆的房门上都配有“猫眼”，从屋内能看清门外，而门外却看不到室内的情况。透过猫眼，发现来客是讨厌之人，便可假装自己不在。可以说，阮籍的白眼就是3世纪活着的“猫眼”。

翻白眼也并非易事，须紧皱眉头，面露凶光。我曾试过一次，果不其然，一副怒相。看到自己的表情后，我马上就想起了大和内传次郎饰演的丹下左膳[1]。

成书于5世纪的《世说新语》中，有例子表示，可以称性情急躁者为“白眼儿”，即指那些瞬间变得怒气冲冲、翻出白眼的人。王衍与裴邈因为志趣爱好不同而经常产生分歧。裴邈总想攻击他而抓不到把柄，便故意去找王衍，肆意辱骂，想让王衍应答，然后诽谤他。但王衍声色不动，只缓缓地说：“白眼儿终于发作了。”若将王衍的话翻译成“好你个翻白眼的家伙！”也未尝不可。

1 日本冒险动作电影主角。——译者注

阿堵物

3世纪至6世纪的魏晋南北朝时期，可谓是中国历史上的贵族时代。南北朝被隋朝统一，自科举考试这种高等文官考试制度落实之日起，虽然名门望族依然健在，但他们已经很难再独揽国家要职了。纵然科举制存在不少弊端，但也不该忽视其长处。实行科举考试，每个人都有资格参加考试，都有机会走上仕途。但实际上，魏晋南北朝时，上层阶级依旧固定，那些身居要职的人究竟是哪些人呢？

毫无疑问，名门出身是首要条件。其次，仪表堂堂也是不可或缺的重要条件。再者，一定要懂得韬光养晦，一旦锋芒毕露，就会引发各种冲突。因此那些懂得收敛锋芒、八面玲珑的人才是最合适的人选。

王衍（256—311）就具备了上述所有的条件。论出身，他出身于门第最高的“琅琊王氏”，之后的书圣王羲之与他同宗。论相貌，王衍十分英俊。竹林七贤中的年长者山涛见到幼年的王衍，感叹道：“何物老妪，生此宁馨儿！”然后他又说：“然误尽苍生者，未必不是此人！”

山涛果然独具慧眼，王衍出身名门，相貌英俊，即使无才无能也可以出人头地。换言之，越是无能越容易飞黄腾达。若值天下太平便好，但北方游牧民族的活动日渐频繁，国家到了非常时期，若领袖无能，国将不国。

王衍具备了在那个时代里能出人头地的所有条件。上一篇中曾提过，王衍身边的裴邈是个性情急躁的人，裴邈肆意辱骂，并试图引起纷争。但王衍不动声色，只是说了句：“白眼儿终于发作了！”在当时，主动挑衅他人，以求出头之人自然得不到提拔。那时，人们多以“清谈”的哲学理论为乐，认为“政论”话题十分庸俗，也不愿涉及，但这确实是为官者们需要讨论的话题。

王衍视金钱如粪土，绝口不提“钱”这个字眼。凡事他都想做到尽善尽美。但他的妻子郭氏十分强势，想让丈夫王衍开口说出“钱”字。于是有一天，她在床的周围摆满了钱。王衍醒来看到钱后，对下人说：“快把阿堵物（这些东西）拿走！”阿堵物，本意是“这个（些）东西”，但打这之后，“阿堵物”就成了“钱”的别称。

当匈奴的石勒（后赵的高祖）前来进犯时，王衍被推举为西晋元帅。王衍虽然位高权重，但他唯一的长处是无所作为。面对匈奴大军，果然他无计可施，最终战败被俘。未曾想他还不负责任地说："走到今日，全因我不谙世事。"战胜的石勒怒不可遏，说："君名盖四海，身居重任，何得言不豫世事邪！破坏天下，正是君罪。"说罢杀了王衍。由此观之，不管是在政治上，还是在战乱时，类似"阿堵物"这样的漂亮话，一点儿作用都没有。

禅让

看到“禅”字，大家都会联想到佛教，如禅宗、坐禅、禅师、禅门等，含有“禅”字的佛教用语不胜枚举。实际上，早在佛教传入之前，中国就已经有“禅”这个汉字了，本义是“除地”。

相传古代成为天下首领的帝王都举行“封禅”典礼。筑土为“封”，除地为“禅”。祭拜天地时，必须要尽可能靠近天地。于是古人便想出了“封禅”，筑土为坛，凭“封”近天；除地为基，靠“禅”近地。

若从理想化的角度看古代社会的话，古代帝王往往会选贤任能，将王位禅让给德贤之人，例如在三皇五帝的理想时代，尧让位于舜，舜让位于禹。禹的儿子继任后，开始了世袭制，这是夏王朝建立的标志。

在古代理想社会里，每逢政权交替就会举行封禅仪式。

“禅”字也在不知不觉间被赋予了“传”的意思，后与含义相近的“让”字结合，就出现了“禅让”一词。

和平年代里的政权交替是“禅让”，而通过武力夺取政权的行为被称为“放伐”。自夏朝以来，至少在三千五百年的时间里，中国都没有出现通过“禅让”进行政权交替的例子。以武力为背景，采取禅让的形式夺取政权的，除广为人知的“三国志”中东汉至魏的政权交替外，还有很多。但这些都不是真正的禅让，应该视为“放伐”的另一种形式。

岂止是那样，若仔细研究所谓理想时代中的神话传说，就会发现尧、舜、禹的禅让中好像也存在不少可疑之处。有传说表明，舜的帝位不是尧禅让的，而是武力夺取的（《竹书纪年》）。如果事实果真如此，那么不得不说“禅让”是一个非常不可思议的词了。根本没有那种事实，却存在表示那种事实的词语。这样的词岂不是“乌托邦式用语”吗？

佛教从印度传入中国时，最吸引人的地方就是通过冥想消除迷茫、集中精神的“禅那”修行。“禅那”一词的翻译也颇有意思。我很清楚初期的佛教经文译者在翻译“禅那”一词时选用“禅”字的原因。只有那些表示根本不存在的事物的乌托邦式用语，才最适合作为宗教用语，而且，发音也非常相似。起初，经文译者译为“禅那”这两个字，但语义主要集中在“禅”字上。

即使是在20世纪的日本，这个实际上并不存在的“禅让”一词，作为新闻报道用语仍在使用，如“福田真的能禅让给大平吗？”之类的标题仍层出不穷。然而明明有很多实际例子的“放伐”一词，却成了死语。不论是田中对福田，还是福田对大平[1]，实际上都是“放伐”，但是却从未见哪家报纸在报道时使用“放伐”。

比起那些形容有太多实际例子的事物的词语，表示根本就不存在的事物的词语反倒更有生命力，这就是事实。

1　田中角荣，日本第64、65任首相；福田赳夫，第67任首相；大平正芳，第68、69任首相。——译者注

细君

“细君”指“妻子”，主要用于称呼别人的妻子，如“山田的细君……”这种用法比较普遍，而“我的细君……”这类说法几乎没听过。

在近代日本社会中，“君”成了称呼他人时的一个流行词，如“田中君”“福田君”等，而称呼自己妻子时，后面就不用加“君”这个字眼了。

公元前2世纪后半叶至公元前1世纪，在汉武帝的朝堂之上，有一人姓东方，名为朔。《史记》把他列入滑稽传当中，此人机智过人，就像深受太阁喜爱的曾吕利新左卫门[1]一样，恐怕也是个滑稽丑角。

不论是东方还是西洋，朝堂之上总少不了丑角，这是为

1　太阁指丰臣秀吉，曾吕利新左卫门是其谋士。——译者注

什么呢？难道仅仅是为了给帝王解闷吗？表面上看确实如此，但实际上还有更深层次的原因。独裁政权往往管理模式单一，且一成不变。行政管理一成不变的话，容易造成制度僵化，严重时会成为致命伤。为了避免这种情况的出现，朝堂之上需要有头脑灵活的人带动身为独裁者的帝王，为帝王提供各种各样的建议，这才是他们存在的意义。

某年伏日，汉武帝下诏要给侍从官员赏肉。伏日，又称三伏，夏至后第三个庚日入初伏，第四个庚日入中伏，立秋后第一个庚日入末伏，总称“三伏”，是一年当中最热的时候。然而，赏肉这天，大官丞（负责分肉的官员）迟迟不来。于是东方朔拔出剑，切了一块肉，说道：“伏日当蚤归，请受赐。”说完他拿着肉回去了。大官丞得知后大怒，把此事禀报给了汉武帝。

汉武帝对东方朔说：“先生起自责也。”汉武帝让东方朔起身做一下自我批评。东方朔低下头说：“朔来！朔来！受赐不待诏，何无礼也！拔剑割肉，壹何壮也！割之不多，又何廉也！归遗细君，又何仁也！”

听完东方朔的一番自我批评，汉武帝笑道：“使先生自责，乃反自誉！”说完又赐给东方朔一石酒、一百斤肉。汉武帝接着又说：“把赏赐的东西带回家给你的妻子吧！”

有说法称“细君”实际上是东方朔妻子的名字。也有一种说法表示，当时诸侯的妻子被称为“小君”，“细”和“小”意思相同，东方朔是故意戏称妻子为细君的。另有记载，嫁给乌孙（位于现在中国新疆维吾尔族自治区伊犁地区的游牧民族）首领的汉族公主也叫细君。

元封年间（公元前110—前105年），江都王刘建之女奉命嫁给乌孙王，人称“乌孙公主”。这位公主写了一首《悲愁歌》，开头一句是“吾家嫁我兮天一方”，她因此歌得以留名后世。至于“细君”是其本名，还是称号，我们不得而知。

东方朔使用“细君”一词进行自我批评，此举虽然十分有趣，但在绝对专制的君主面前，此番言论很可能会招来杀身之祸。不过，从这则故事中我们也能清楚地看到，那就是，自古以来就不乏一些巧妙摆脱自我批评困境的技巧。

杞忧

在前文“禅让”里我们曾说过，自古以来，几乎没有哪次王朝更替是通过“禅让”平稳顺利完成的，大都是通过“放伐”，即通过武力讨伐夺取政权。

用武力推翻现存的王朝，建立自己的新王朝。那么，被推翻的王朝该如何处理呢？将有王室血统的人全部处死，防止他们复辟，这是后世之人极其可耻的想法。其实，在上古时代，新王朝会赐给覆灭王朝遗民一块面积不大的领地，让他们在新领地生活并继续祭祀祖先。古人认为，得不到相应祭祀的灵魂是不会安息的，它们会作祟，带来种种灾难。古人十分害怕怨灵，那种恐惧是我们现代人无法理解的。

一般认为，周武王消灭殷朝的时间是公元前1027年。日本一般把这个朝代称为“殷”。但是，事实上这个王朝自称为“商”。商朝灭亡后，国民成了亡国奴，但周武王却封商王纣的儿子武庚为诸侯，使之继续完成对祖先的祭祀。后来，武庚因谋反被诛杀，可即便如此，周文王还是将宋国分封给拥有殷朝血统的微子启，让他继承。

但是，世人看待亡国奴的目光还是非常冷漠的。分封得到的土地也不肥沃，遗民无计可施，只好从事商业活动。如前文所述，“商”是殷的国名，殷商的遗民为了维持生计而从事的行业，就被称为“商业”。由此我们不难看出，时人是多么鄙视商人和商业啊。

殷商兴起时，灭了夏朝。虽杀了暴君夏王桀，但留下了他的子孙后代。恐怕也是因为害怕怨灵作祟的缘故吧。周朝时，分封给夏朝遗民的国土被称为“杞”。

相传，杞国有一神经过敏之人，终日担心天会塌、地会陷，为此寝食难安。《列子》一书中，记述了另一人开导他的故事。

“天不过是积聚的气体罢了，和空气一样，不会坠落。”

“天是气体，那日、月、星、辰不就会掉下来吗？”

“日月星辰也是积聚的气体，只不过是会发光的气体。即使掉下来，也不会有什么伤害。是空气下降啊，是风啊！”

“啊，是这样吗？”

最后，这个过度担心的杞国人总算放下心来。听起来，这个故事有些滑稽。后来，人们把自寻苦恼称为“杞忧”，正是源于上面的故事。

有一点值得我们考虑，为什么这个愚蠢又过分担心的人被设定为杞国人，而不是其他国的人呢？身为亡国遗民的杞人，和商人境遇相同，在时人眼中，他们往往被视为“愚蠢之人”，总被设定成荒谬故事的主人公。此外，那些亡国遗民恐怕都会受到相当严重的歧视吧。

杞国位于现在的河南省杞县，在开封市东南约50千米的地方。

宋襄之仁

10世纪至13世纪，中国历史上出现了宋王朝。起初宋朝定都河南开封，1127年，金兵攻陷开封，宋朝被迫南迁，后定都杭州。南迁之前的宋朝，史称“北宋”；之后的宋朝，史称“南宋”。南宋政权被元所灭。宋朝立国三百余年，国力强盛，通常所说的“宋”，指的就是这个宋王朝。

实际上，在5世纪，中国历史上也出现过一个宋王朝。时逢南北朝时期，这个宋王朝统治中国南方。该政权由东晋将军刘裕建立，为与后来赵匡胤建立的宋朝相区别，故多被称为“刘宋”。

在这两个宋朝以前，春秋时期的十二诸侯里也有一个宋国。周武王灭殷（商）朝后，遵循“兴灭继绝”的传统，把殷商遗民迁至商丘，遗民建立宋国。殷商最后一位国君是商纣王，他有个同父异母的哥哥，名叫微子开（微子，名启，汉代因避汉景帝刘启之讳，改启为开），他是周朝宋国的开国始祖。但因是亡国后裔，宋国受到了很多歧视。尽管如此，仍发愤图强，在商朝亡国300多年后，宋国在诸侯争霸局面中，成为了春秋五霸之一。

春秋时期，周王室已名存实亡，诸侯当中不断涌现出新霸主。作为议长，召开诸侯国会议的就是霸主。宋襄公时期，宋国积蓄了足以在霸主争夺战中占有一席之地的实力。宋襄公热衷争霸，而他的同父异母兄长，当朝宰相目夷却极力反对。目夷劝解他说："以小国之力会合诸侯是祸患。"但襄公不听。

后宋国攻打郑国。出于盟国之谊，大国楚国出兵与宋国交战，乱世之中，这是常有之事。

公元前638年，宋襄公和楚成王在泓水河畔交战。两军隔水对峙，不久楚军开始渡河。宰相目夷建议："楚兵多宋兵少，此时动手，我们可以得胜。"宋襄公摇头拒绝。

楚军全部渡过泓水，但尚未摆好阵势。

目夷又谏言道："快打吧！楚军阵势尚未布好，此乃进攻绝佳机会！"襄公依然摇头，说："等到楚军摆好阵势再攻打吧。"

目夷暗自叫苦。

楚军列好阵势后，宋军开始击鼓进攻。结果不言而喻，楚军在兵力上占据绝对优势，打得宋军落花流水，溃不成军，宋襄公也负了伤。关于为何贻误战机，宋襄公振振有词：“君子不重伤，不鼓不成列。”君子打仗不害受伤之敌，因此在楚军列好阵前，宋军没有击鼓进攻。

无论怎么遵守君子之礼，吃了败仗也已无济于事。人们嘲笑宋襄公的愚蠢，称之为“宋襄之仁”，指对敌人讲仁慈的可笑行为。第二年，宋襄公伤痛发作，不治身亡。真是令人发笑的仁义啊。

上一篇《杞忧》中提到的“杞”是夏朝遗民成立的诸侯国，而宋国是殷商遗民成立的。历史上，好像亡国遗民总会沦为时人笑柄。

一呼再喏

在军队里，士兵听到命令时，通常会大声回答“是！”应答必须简洁、明了。如果连声说“是是”，那么士兵就得提前做好脸被打肿的准备了。“是是”这种应答方式，从语气上来看，很像是在愚弄人。

但是，打电话的时候就不同了。通常情况下，电话拨通后，打电话的人会连声说：“喂喂？”接电话的人也会连声答：“是是。”这种情况下，双方的说法都不会给人以戏弄对方之感。换言之，不管是在电话中还是在谈话时，都不会只说一个字“喂”。打电话这种非面对面交谈时，连声回复“是是”，包含了一种“为慎重起见而进行确认”的含义吧。

发生口角或争论，被对方驳倒或遭到训斥时，连声说“是是”，这其中包含了“不情愿”的意思。两口子吵架，丈夫被妻子数落得不知如何是好，连声说“是是”，其中的束手无策和无奈之感也就显而易见了。

中国有个词叫“一呼再喏”，表示对他人恭顺。意思是听到一声呼唤即连声应答，这是在取悦对方。用来形容“奴隶根性”。

与之相似的还有一个词，叫“一呼百诺”，这个词并非表示一个人应答百次。“一呼百诺”中的“百”，“百人”之意，形容一群家臣如众星拱月般簇拥着有钱有势的主子。

“把酒拿来！”主子说罢，数以百计的家臣异口同声地答道：“是！”或者拖长音节回答：“是——！”这种情况下，家臣绝不能连声回答“是是。”

元曲（元代的戏曲）中经常使用“一呼百诺”这个词，我们可以将其看作戏剧术语。戏剧是一种舞台上的表演，用夸张手法反映现实生活，化妆、服装、语言，戏剧的一切都非常夸张。

说某人一呼百诺，实际上表示此人因时得势，仆从众多，威望、势力极高。“百人”的回答，必须异口同声。通过“诺”字可以看出，“百人”的回答里绝不能有“我不想做”“你自已做”之类的异样声音。

在中国古典作品的会话部分，常使用一个“唯”字表示对主君毕恭毕敬的回答，注释里写“唯，喏也”，而更为详细的注解中写的是“唯是喏的恭敬说法”。“唯”和“诺”都表示恭敬的回答。与之相对，“阿”是比较草率的回答。轻声说“啊”，含有搪塞之意。在日本，一般用“啊”“嗯”等进行简单应答。

成语“唯唯诺诺”一词使用率很高，大家已是耳熟能详。而“唯阿”一词说起来不顺口，所以很少使用。“是”也好，“啊”也罢，在应答上并没有差异，因此一般认为二者在语义上似乎没有什么差别。但二者真的一样吗？我并不以为然。

矛盾

“矛盾”一词的来历，想必众人皆知吧。一看便知，“矛”和“盾”不能并存。若二者并立，就会出现“矛盾”的状态。“矛盾”的典故出自《韩非子》。

在战国时期，楚国有一个人卖矛又卖盾，他先称赞自己的盾非常坚硬，说：“吾盾之坚，物莫能陷也。”然后，他又拿出自己的矛，说：“吾矛之利，于物莫不陷也。”有人质问他：“以子之矛陷子之盾，何如？”结果“其人弗能应也”。

当时楚国的宛城（位于今河南省南阳市）作为铁矿产地广为人知。俗话说“宛产小矛如蜂针”，可见宛城造的武器非常锋利。此外，楚国还盛产黄金，楚国的黄金是从砂金中提炼的，正因为有砂金，与之伴生的铁矿砂才能炼出高纯度的优质钢铁，自然楚国生产的武器也会闻名天下。所以说，典故中那位卖矛又卖盾的商人也应该是楚国人了。

楚国生产黄金和钢铁，也有精兵强将，但却败给秦始皇，其主要原因还是君主的恶政。楚怀王流放了满身才华的屈原，中了张仪的计谋，最终成了秦国的阶下囚。

韩非子是战国末期的著名思想家，矛盾的典故就收录在其著作中。他是“法家”的代表人物，法家提倡法治，而儒家提倡人治，即通过圣王（德才超群达于至境之帝王）个人的贤明治理国家。

生而为人，终究会有生命结束的一天，圣王亦是如此。君王驾崩，国家该何去何从？若后继者像楚怀王一样昏庸无道，那国家未来岂不是一片黑暗？因此，韩非子主张治国不能依靠君主，而应健全法律，完善行政组织，依法治国。

“矛盾”的典故广为人知，其实韩非子是为了让自己的主张通俗易懂，才加上了这则典故。

那么，他要说的究竟是什么呢？是“矛盾”这则故事前面的内容。

尧和舜两位君主都是传说中的圣德君主。舜曾在尧的手下担任要职，尧去世后，舜成了尧的接班人。这就是儒家提倡的通过“禅让”来确立君主的制度。

圣人舜的业绩，儒家是这样讲的：当时农民相互侵占田界，渔夫相互争夺渔场，舜到那里后，纷争就平息了。陶工制出的陶器质量粗劣，舜到那里后，大家制出的陶器很牢固。于是，有人问儒者说：“方此时也，尧安在？”

儒者答：“尧为天子。”

主张“圣人之德化”，也就是百姓被君主的圣德感化，那么为何在同样是圣德天子的尧的时代里百姓纷争不断，陶工制出的陶器质量粗劣？认为尧圣，就是否定舜的德化；认为舜贤，就是否定尧的明察。认为尧舜二人都是圣人，这是“矛盾”的。看来，韩非子希望流行起来的词不是“矛盾”，而是“尧舜”。

推敲

“矛”与“盾”二字组合构成“矛盾”一词，与之相似的还有“推敲”一词。该词由“推”和“敲”组成，这个词的由来也广为人知。

唐代诗人贾岛（779—843）擅长五言律诗，是苦吟派诗人。他与同时期的诗人姚合齐名，时有“姚贾”之称。二人诗风接近，但姚合作诗行云流水，贾岛则与之相反。贾岛作诗苦吟，在字句上狠下功夫，这点让我觉得比较吃亏。

某日，贾岛骑着毛驴，照旧苦吟诗句。所谓“律诗”，要求诗文上下句对仗工整，为此需要下一番功夫。

“鸟宿池边树，僧推月下门。”

贾岛虽然想出这两句，但也犹豫了起来，把下句中的动词“推”换成“敲”，是不是更好一些呢？依贾岛的性格，一旦脑袋里有事要想，别的事他就全然不顾了。贾岛坐在驴背上伸出手来，一会儿做“推”的动作，一会儿做“敲”的动作，迟迟没能做出选择。他边想边往前走，全然没有注意到对面走过来的队伍，撞到个正着。对面的差人冲他喊：“无礼！”然后推搡着把他带到了队伍中心——当时的京兆尹（相当于东京都知事）大诗人韩愈的面前。贾岛把情况向韩愈解释后，韩愈思考了良久，对贾岛说：“作‘敲’字佳矣。”身居高位的诗人韩愈非但没有指责贾岛的失礼行为，反而与其并马前行，一同讨论作诗的方法。

是“推”还是“敲”，如此这般反复斟酌，这种思考过程就叫作“推敲”，这个词就是来自贾岛和韩愈的典故。

正因为贾岛的这个故事，现如今，像考虑用“推”还是用“敲”这样的需要费一番心思考虑的过程，都可以叫作“推敲”。或许是受到了韩愈的影响，贾岛在终稿中选用了“敲”。这首诗被收录在《三体诗》中，深得后世人们的喜爱。

贾岛的墓志铭中有一句——“性和茂，未尝评人是非。”从这句我们不难想象贾岛是一位性格极其沉稳之人，但是这句墓志铭不过是后人出于礼貌为过世之人写的一句赞美之词。恐怕人们怎么也想不到，其实贾岛是一位傲慢无礼之人。贾岛曾多次参加科举考试，但都未能通过，或许是他过度“推敲”，以至于考试时间不够用了吧。

还有一说表示，贾岛在科举考试的考场上，因其态度不好而闹出了一些问题。后来，他虽没有通过考试，朝廷却任命他为逐州长江县的主簿。主簿官职从九品上，相当于军队中的“准尉”，既非士官也非下士官，是一个非常微妙的官级。而且，逐州位于四川成都东南约150千米处，十分偏远。由此观之，此次任命实际上是将态度恶劣的贾岛体面地逐出京城，是一次带有惩罚性的人事安排。

贾岛虔心向佛，他的诗中充满了佛教的“无常观”，他丝毫没有忧国忧民、要拯救天下苍生的抱负。

贾岛死后，时不时会出现贾岛的狂热追随者，历史上也掀起过几次“贾岛热”，如唐末、宋末、明末、清末。如同安排好了一样，贾岛热均出现在旧王朝崩塌的前夕，真是让人不寒而栗！

羊头狗肉

明治以后，吃肉的习惯在日本逐渐普及开来。起初大家倍感新奇，“牛肉火锅店”如雨后春笋般遍地开花。但不管是什么东西，一旦受人欢迎，假货也就会随之而来。

相传过去曾有人在牛肉中掺杂马肉来出售。小说里曾描写过如下场景：

明治年间，学生常去牛肉火锅店，他们把端上来的牛肉块儿往墙上扔，以此来鉴别牛肉真伪。据说马肉的黏性强，用力扔到墙上后，马肉会粘在上面一段时间。而牛肉没有那么强的黏性，不管用多大力气扔，牛肉都会“吧嗒”一声掉到地上。

用牛肉和马肉的故事引出“羊头狗肉”，其实是有原因的。如今，日本人非常熟悉“羊头狗肉”一词，甚至在日常对话中也经常使用。一般人认为这个词有相当古老的来历，但实际上经典古籍中却难觅它的身影。

清代学者钱大昕（1728—1804）研究成语、俗语的变迁及误谬，著有《恒言录》。在这本书中，作为词语的变迁，列举了“羊头狗肉”一词。

源于经典古籍的是《晏子春秋》（记载公元前500年前后的齐国政治家晏婴言行的一部历史典籍）中的“悬牛首于门，而卖马肉于内”。

这句话出自齐灵公（公元前581—公元前554年在位）的典故。齐灵公喜欢穿男装的美女。正所谓“上行下效”，不久齐国女性全都穿男装。齐灵公认为这是他个人的高贵爱好，所以当看到连下层女性也开始身着男装时，他非常生气。于是，齐灵公下令禁止女性身着男装，但宫中女性可以。

禁令虽已颁布，但齐国女性却未做任何改变，依旧身着男装。齐灵公不解，便找到晏婴，问其原因。晏婴答道：“君使服之于内，而禁之于外，犹悬牛首于门，而卖马肉于内也。”听罢，齐灵公恍然大悟，立即下令要求宫中女性也不能身着男装。没多久，全国上下再也没有女性身着男装了。

在多数人都不识字的年代里，若在店头的招牌上面写字，自然鲜有人懂。因此，那时的招牌上多是商品的画像，或者直接将实物、模型挂在店头当招牌。门口挂着牛头的店铺，应该就是牛肉铺了，倘若店里卖的是马肉，那么不得不说招牌上有假。

而西汉时期刘向所著的《说苑》一书中写的是“悬牛骨于门，卖马肉于内”。为何招牌上不是“头”，而是“骨”了呢？用骨头的话，挂的究竟是牛骨还是马骨，一般人就很难区分出了。

东汉时期汉武帝（25—57年在位）的诏书中有一句“悬羊头，卖马脯（马肉干）”。到了东汉时期，前句从“牛”变成了“羊”，而后句仍是马。宋代一部叫《无门关》的禅宗语录中也出现了“羊头马肉”这种说法，可见这种说法持续了相当长的时间。究竟后句中的“马”何时变成的“狗”，却不得而知。考虑到前后两种动物体格大小的平衡，故而选择体格较小的“狗”和前面的“羊”相对应吧。

滥觞

“饮水思源”这句成语的意思是，喝水的时候心里要想着水是从哪儿来的。还有一句谚语与之意思相近，即“吃水不忘打（挖）井人”。

现如今，人们能大口大口地喝上甘甜可口的水，究竟是谁的功劳？我们特别要感谢那些打井人，感谢他们为此付出的辛劳。此前，一些中国的要员访问日本时，曾对日本前首相田中角荣先生进行了礼节性的拜访，或宴请浅沼稻次郎的夫人等一批为建设中日友好关系鞠躬尽瘁的功臣的后人们，此举恰是“吃水不忘打井人”的真实写照。

“滥觞”，即“水源”，亦可指事物的起源、发端。“滥”即“泛滥”的“滥”，表示“溢出”，“觞”指“小酒盅”。装满一只小酒盅的水量，并没有多少。但就算是再大的河流，其源头不过是刚装满一只小酒盅的涓涓细流而已。

在《荀子》和《孔子家语》中，有一则孔子劝告弟子子路的故事。孔子弟子众多，多数弟子都和老师相近，尊师重文且沉着稳重。在众多弟子中，唯子路一人崇尚勇武，直言快语。与其当孔子的弟子，倒不如说他更适合当一群侠客的头头。

子路身着“盛装”拜见老师孔子。所谓“盛装”即非常华丽的服饰。此番装扮非常符合子路的游侠气质，但孔子自然对此身打扮不会满意。于是，孔子皱眉问：“由，是裾裾者何也。”“裾”为衣服上的下摆、袖子、领子、胸前等处的装饰部分，而“裾裾”用来形容配有华丽装饰的服装。实际上，孔子是在训斥子路“为何穿一身花里胡哨的衣服”。

孔子继续说道：“夫江（长江）始出于岷山（四川名山），其源可以滥觞，及其至于江津，不舫舟，不避风，则不可以涉，非唯下流水多耶？今尔衣服既盛，颜色充盈，天下且孰肯以非告汝乎？”子路听罢跑了出去，换了一身朴素的衣服回来，于是孔子也不再生他的气了。

实际上，关于“滥觞”还有一种说法：所谓的“滥觞”，是指刚好能够浮起一只小酒盅的小水洼。一般河流的下游部分都能并排行驶数艘大船，由此观之，说水源处的水量仅能承载一只小酒盅的说法反倒更加有意思。

王羲之曾邀众多文人聚于兰亭，设“曲水宴”，在水的上游放置酒杯，临流赋诗。此种游戏亦被称为“滥觞”。也许王羲之是受“滥觞”一词的启发，才想出这种游戏方式的吧。

日本一寸法师的故事里，若将一寸法师乘坐的小舟缩小一圈，即把碗换成小酒盅的话，岂不更加有趣？

压卷

中国可谓“考试鬼门关”的发源地。古时候，在每个中国读书人的心里，都有一个宏大的目标，那就是参加并通过一场名为“科举”的重要考试。考中了就能成为“进士”，之后的人生就像坐上自动扶梯一般平步青云，生活也会跟着美好起来。

为了取得参加“进士”考试的资格，先要考中“举人”。成为“举人”前，还要像过筛子一般通过数次初级考试，然后参加乡试，通过后才能成为“举人”。不同的时代，科举考试的安排也有所差异。清朝时，会试每三年举行一次，届时全国的举人齐聚北京，通过会试后成为“进士”。

实际上，考取举人就已经非常不容易了。通常，中了举人的人家的大门口就能高高地立起一根类似旗杆的东西，意为“名誉之家”。每三年，一两万名举人还要参加会试，而考中“进士”的人，往往不足两三百。

与一般人相比，考中“进士”就已经算是“公家人”了。会试第一名被称为“会元”。但你若认为通过会试就能松一口气了，那可大错特错了。原则上，通过会试的两三百位才俊，还要在御前接受一次考试，即所谓的“殿试”，以殿试成绩进行排名。第一甲录取三名，第一名俗称“状元”，第二名俗称“榜眼”，第三名俗称“探花”。

若能考取“状元”，当然是一件相当了不起的事。金榜题名时，全城的人们都会为之欢呼雀跃，仿佛状元郎已将天下收入囊中一般。

实际上，我们这般平庸之辈大可放心，在待遇优厚的状元队伍里，能够运筹帷幄、决定天下大事的人寥寥无几，而真正活跃在政界的都是一些上等偏下或中等偏上的人。像林则徐、曾国藩、李鸿章等，这些在日本也非常出名的政治家中，无一人是状元出身。再如左宗棠、袁世凯等，与世界历史颇有渊源的这些人物，很多连进士都不是，充其量是个举人。

写了上面这些，其实是想嘲笑一下那些秀才，嘲笑他们只擅长考试，实际上大多无甚特长。

参加科举时，考生需要在相对独立的房间中，一连数日作答，因此每个人的答卷都非常厚。若将进士及第的两三百名考生的答卷堆起来，高度是相当可观的。按照惯例，考取第一名的考生即状元的答卷，通常会被整整齐齐地摆放在山丘般的案卷最上面。每位进士的答案为一卷，状元的答卷就是“头卷”。状元的答卷放在三百多人的答卷之上，用“压卷”来形容再合适不过了。

“压卷”并非源自经典古籍，而是出自科举考试的惯例。另外，亦可用“压卷”来形容诗文作品中压倒其他的最佳之作，如夸赞某位作家短篇小说集中的某一篇佳作时，可以说“这篇是压卷”。但作家就如同作品的父母，本来对自己的作品一视同仁，但在别人的评论下，有些作品成了上面的佳作，有些作品则被压到了下面，这点常常会让作家感到苦恼。

卷土重来

杜牧（803—852）是晚唐时期一位杰出的诗人、政治家，同时还是一位历史评论家。与那些常在酒馆里大放厥词、毫无责任感的评论家不同，身为政治家的杜牧，认真研究历史，从中吸取经验教训，从而面对并处理现实问题。

当年，回鹘军队攻至汉南（内蒙古）时，杜牧主张全力进攻。两汉时期，征讨匈奴总是被定在秋季和冬季，但秋冬的寒冷气候会使匈奴军队的强弓劲弩更具威力，再加上马匹处于产后状态，可以无拘无束地奔跑。故征讨匈奴的汉军经常陷入苦战。杜牧在深入研究两汉时期的史实后，为国家提出具体方案——此次作战应该安排在天气较热的夏天。

在安徽省和县的东北，有一个叫“乌江”的地方。秦朝灭亡后，汉王刘邦和楚王项羽争夺天下。乌江正是项羽战败并且自刎的地方，因此广为人知。若从大大小小的战役来看，项羽一方获胜较多。但最终老谋深算的刘邦，用计将项羽的军队围困在垓下。项羽自举兵之日起，历经大小七十余战，未尝败绩，可谓常胜将军，项羽也因此非常自负。相比之下，刘邦则是一个现实主义者，他秉承的战略思想是，失败九十九次也不要紧，但只要能在决战中取胜即可。

项羽在垓下遭遇四面楚歌时，决心带兵突破重围，后突围到乌江一带，但汉军仍紧追不舍。当时乌江的“亭长”（“亭”为驿站），为项羽准备了一条船，劝其赶紧渡江而去。

“今独臣有船，愿大王急渡。江东虽小，亦足王也。”

项羽听后笑道：“天之亡我，我何渡为！且籍与江东子弟八千人渡江而西，今无一人还，纵江东父兄怜而王我，我何面目见之？”项羽又同汉军大战，最后在乌江河畔自刎而死。

后来，杜牧在凭吊该古战场时，写下了一首七言绝句《题乌江亭》。

胜败兵家事不期，
包羞忍耻是男儿。
江东子弟多才俊，
卷土重来未可知。

大意是：胜败乃兵家常事，难以预料。能够忍辱负重，才是真正男儿。江东子弟人才济济，若能重整旗鼓卷土杀回，楚汉相争，谁输谁赢还很难说。可见诗中饱含了杜牧对项羽的惋惜之情。

“卷土重来”一词正是出自杜牧的这首绝句。项羽在乌江自刎时，年仅31岁，是一个年轻气盛的将军，而刘邦时年55岁，已然一副成熟稳重的王者风范。

项羽认为自己愧对江东父老，但是他若能忍辱负重并取得最后的胜利，依旧能挽回颜面。身为历史评论家的杜牧认为项羽放弃过早。

现在用杜牧的这句“卷土重来未可知”来安慰那些在考试中失败的人，反倒再合适不过了。

醉中趣

日本有种咸菜，名叫“奈良酱瓜”，由酒糟腌制而成。我见过有人吃上几口，就醉倒在地。当然，我也见过酒量好的人，喝了一升多酒仍面不改色心不跳。看来酒量的大小因人而异，由此观之，恐怕人们在其他爱好上也有天壤之别。

擅长垂钓或高尔夫的人，经常使用圈子里的“行话”来谈论自己的兴趣爱好。这本无可厚非，但对那些没有共同爱好的人而言，就搞不明白他们在谈论什么了。例如，我从来没打过高尔夫球，但却经常听到别人说“果岭”（球洞周围的平坦区域）、“短打球”（把球轻击进果岭上的球洞）等词。我对这些词总是一头雾水，也不想知道这些词到底是什么意思。我会说“是什么啊，那些词”，总之，我对此一点儿兴趣都没有。

在那些喜爱高尔夫运动的人看来，他们肯定会这样认为：这个可怜的家伙，完全不懂高尔夫球的乐趣。这么有趣的运动，竟然完全不会，真是白来世上走一遭啊。

有的人明明没吃过某种食物或尝试过某件事情，却对其感到厌烦。但后来尝试之后，竟意外地对其热爱起来了。实际上，我身边就有一个朋友，人过中年时开始打高尔夫，现在他对“单一球员”（高尔夫运动中，让10分以内的球员）等行话已经了如指掌了。

再谈回喝酒，很多人不能喝酒是因为身体的原因，并非讨厌喝酒。反倒是那些不能喝酒的人中，爱喝酒的人占了大多数。朋友故今东光几乎滴酒不沾，但有时候，他会感慨地对我倾诉：“我不能喝酒，深感遗憾，毕竟少了酒，人生中就少了很大一部分乐趣。”

在中国的历史人物中，谈到酒中豪杰，唐代诗人李白当之无愧。李白自称“酒仙”，其晚辈杜甫也称赞道：“李白一斗诗百篇。”说李白在喝上一斗酒（唐代的一斗约为现在日本的一升）的工夫里，就能作一百首诗。李白有一首古诗，名为《独酌》，其中有一句非常值得品味：“但得酒中趣，勿为醒者传。”

用现代语言讲，我只管得到醉中的趣味，但这趣味不能向醒者相传。

所谓“醉中趣”，就是在酒醉后情绪高涨时，感受到的一种无法用语言形容且令人十分享受的趣味，亦可以称之为“饮酒乐趣的真髓”。用佛教用语表达的话，那是一种“极乐”境界。而此处的“醒者”并不是指从醉酒中醒来的人，而是原本就一直清醒的人，也暗指不能喝酒的人。饮酒带来的极乐心境，自然不能讲给那些不能喝酒的人，因为后者根本无法理解那般心境。

这其中既包含了这种趣味无法传递而有些浪费的意思，还包含了一种语气，即想让那些不曾达到此等心境的人眼红、羡慕。这是不懂情趣的做法。

从垂钓迷到狂热的高尔夫球爱好者，从沉浸在赛马、自行车、围棋、将棋[1]、麻将等各种项目的运动员到以音乐、美术、园艺等为兴趣的人，他们都在各自的领域内感受到了“醉中趣”。但是，切记不可将“醉中趣”强行推销给他人。个中奥妙，酒仙李白早已了然于胸。

1　将棋，也叫本将棋，又称日本象棋，一种流行于日本的棋盘游戏。——译者注

墨守

公元前四五世纪时，中国处于百家争鸣的时代，各个流派的思想家层出不穷，如孔子和老子。在孔子之后不久，又出现了一位思想家，名为“墨子”。

孔子提倡“仁”，要求首先要对父母尽孝心，然后爱家人，爱朋友，最后再爱他人。与之相反，墨子主张“兼爱”（无差别的爱），他认为孔子倡导的仁爱是“别爱”（有差别的爱）。由此可以看出，墨子是一位博爱主义者。

主张兼爱的墨子也是一位非攻论者，对战争持绝对反对的态度。有人会觉得墨子的观点过于理想化，但实则不然，墨子认为缺乏实践的博爱主义不过是场空谈。

墨子不主张空泛的反战论，他也从未组织过反战游行。A国欲攻打B国，墨子得知消息后就会率领弟子们前往B国，为B国开展防御战而建言尽力。换言之，墨子总是站在被攻击的一方，帮其防御。墨子及其弟子们组成的团队，可谓防御战方面的专家。

墨子，姓墨，名翟。有一种说法表示“墨”并不是姓氏。古时候的囚犯脸上会被刺青，所以受过刑罚的人也被称为“墨”，而恰巧在墨子的团队中有很多这样的人。还有一种说法是，过去木匠要绘制图纸，即使在施工现场也会墨不离身，因此把“工匠集团”称为“墨家”。木匠、泥瓦匠、石匠等建筑行业者，往往分工明确，因此他们具备较强的团队组织能力。

协助别国开展防御战，不外乎是加固城墙、修筑掩体等工作，这些工作刚好适合工匠集团去做。不管是木匠，还是受过刑罚的人，自然都不属于上层阶级。虽说他们受过刑罚，但在当时的执政者眼里，他们不过是和自己政见不同而已，算不上是违背道德的恶党。

有个名叫“公输班”（鲁班）的人，给当时的大国——楚国建造了一种名为“云梯”的攻城武器（一种攻城用的梯子，用“可及云天”来比喻其很高）。楚国想用“云梯”来攻打宋国。墨子得知后，立即赶到楚国，劝其不要进攻小国。墨子此行并非只是游说，十分看重实践的墨子还和鲁班进行了一场模拟战，欲通过模拟实验来证明楚国无法成功取宋。

墨子解下腰带模拟城池，用木片作为守备的器械，在图纸上和鲁班展开了模拟战，并最终取得了胜利。在模拟战中战败的鲁班并不甘心，说：“吾知所以距子矣，吾不言。”

听罢，墨子也说：“吾知子之所以距我，吾不言。”

楚王问其故，墨子回答：“公输子之意不过欲杀臣。杀臣，宋莫能守，乃可攻也。然臣之弟子禽滑厘等三百人，已持臣守圉之器，在宋城上而待楚寇矣。虽杀臣，不能绝也。”楚王听后，立刻打消了进攻宋国的念头。

墨家集团是一个由很多技术人员组成的专注于防卫战的集团。在防守方面，无人能出其右。因此，称固若金汤的防御为“墨守”。但是现如今，“墨守”一词多用来形容固守旧法、一成不变。这不免让人觉得，与原来相比，该词的形象已经大打折扣了。

药笼中物

高罗佩，荷兰外交官（在担任荷兰驻日大使时辞世），也是一位推理小说作家，他曾以中国唐朝为时代背景，创作了许多推理小说。其中多部作品被收录进了“企鹅丛书”，一跃成为世界级的畅销书。在他的小说中，以侦探身份登场的狄仁杰，在历史上确有其人。

狄仁杰（630—700）在武则天时代，人称“国老”，位居宰相之上。此前，他曾任大理寺丞一职，即刑事案件的审判长。他上任之后，立刻查办积压案件，涉案人员达一万七千人之多。任职两年间，就把积压案件全部查清，且判决之中无一冤假错案。

狄仁杰可谓是个“神探”，相当于日本的大冈越前守。正如大冈审判被搬上了“讲谈”（日本一种曲艺表演形式）和“演剧”（日本一种传统的戏剧）的舞台一样，在中国，狄仁杰的故事同样也被写进了一部破案故事作品——《狄公案》。“案”，即“案件”。实际上，高罗佩的推理小说正是以《狄公案》为蓝本创作的。

从历史上看，狄仁杰在政治方面所做出的贡献要比断案方面更加突出。整个唐朝时期，武则天曾独霸政权二十余年，这是不争的事实。在此期间，狄仁杰隐忍持重，为武后效力，但狄仁杰并没有触动国家根基，而是打算在武后辞世后复兴唐朝。实际上，没等武后辞世，由于她年高力衰，唐中宗就复位了。

欲成此番大业，狄仁杰需要笼络更多优秀的人才。或许有人会说，他在拉帮结派。但是，如果没有自己的团队，一旦到了关键时刻，身边也就没人能帮助自己实现计划了。在狄仁杰的团队里，既有他自己选中的可靠之人，也有通过自荐或由他人引荐而来的人。毕竟在当时，能进入狄仁杰团队的人，自然就可以获得一个重要的职务。

元行冲博学多才。狄仁杰也认可他的才华，但表面上没有明说。另一面，元行冲也很想加入狄派，但强烈的自尊心又不允许他向狄仁杰低头。一天，元行冲拜见狄仁杰，说：“门下充旨味者多矣，愿以小人备一药石，可乎？”

所谓“充旨味者”，暗指聚集在狄仁杰身边的能人异士。

不可否认，这些人确实具备不俗的才能，正如珍馐美味一样，丰盛至极。但总沉浸在美味之中，肠胃自然消受不了，所以也要在身边备上一些药材，以防万一。中国有个成语叫“良药苦口”，说的是明主身边应该有敢于讲难听话、敢于一针见血直言不讳的人。换言之，狄公身边恰恰需要一位敢于进谏之人。元行冲的一番话，委婉地表达了自己希望能以这样一种身份伴狄公左右。

狄仁杰听罢，笑着说：“君正吾药笼中物，不可一日无也。”狄公在说，想必你自己还未意识到，其实你早就是我派系的一个重要人物了。现在“药笼中物”多用于形容像派系干部那样，按领导意愿可以自由调动的亲信。

逆鳞

“你住在兔子窝里却疯狂地热爱工作啊！”被人这样调侃，许多日本人都会大怒的。虽然心里承认对方说的没错，但是从别人的口中讲出来还是会感到不快的。

“那你们又如何呢？住在城堡里却懒惰成性！”总想用这句话回击对方。

常言道，良药苦口，忠言逆耳。“兔子窝”云云，如果对方说得不对，完全可以说一句“真是个傻瓜啊”，然后一笑而过。之所以动怒，是因为对方说中了。

被人戳到痛处，谁都不会高兴。不去触碰他人的弱点，这是最基本的礼仪。尤其是身体上的缺陷，这种人自身无法掌控的事情，我们不应该用侮辱性的语言去攻击。

普通人即使大发雷霆，也不会溅起多大水花。例如，在小酒馆里，即使有人乱发脾气，也只会被见多识广的老板娘轻描淡写地化解。当然，在极度恼火的情况下，也有人会把手里的玻璃杯狠狠地摔到地上泄愤。不过，店家也只是损失一个玻璃杯而已。

但是，某些特殊人物大发雷霆的话，那可是非常恐怖的。

最特殊的人物当数古代的皇帝了。封建时代实行君主专制，一切都要听从皇帝的旨意。皇帝手握全国人民的生死予夺大权，一旦动怒，危险万分。

世人口中的明君，能虚心听取大臣的谏言，能坦然改正自己的错误。然而，别说昏君，就连一般的皇帝都不愿意听逆耳忠言，有时还会发怒。一旦惹怒了天子，一句“斩首”，进谏的忠臣就会落得尸首分离的下场。正因如此，明知皇帝的做法不当，谁也不会冒死进谏。长此以往，政治紊乱，国运维艰。纵观历史，此类事例不胜枚举。

龙是人类想象出来的一种动物。似乎古人相信龙是可以被人驾驭的，如《西游记》中三藏法师的坐骑——白龙马，就是龙的化身。龙，有着惊人的力量，一旦被驯服，就可以成为举世无双的坐骑。

然而，即使是被驯服的龙，对其也不能掉以轻心。据说龙的喉咙下方有一块直径一尺大小的“逆鳞”。龙全身长满鳞片，但唯独这块鳞片，是逆着生长的。一旦有人触碰，龙就会大怒，定会杀掉冒犯它的人。其他部位，不论是抚摸，还是拍打，怎样都无妨，唯有逆鳞，轻轻抚摸一下都不可以。

中国战国时期，法家学派代表人物韩非的著作《韩非子》中，有一篇名叫《说难》。这一篇主要论述了游说他人的困难，“逆鳞”一词就出自其中。在解释了龙的逆鳞之后，韩非说道：“人主亦有逆鳞，说者能无婴人主之逆鳞，则几矣。”因此，想要成功游说他人，必须先要研究清楚对方的逆鳞生在何处。

典型

武术有规范性动作，即“招式”。招式是武术的基本。习武必须扎扎实实地练好一招一式，否则无法精进。绘画中的素描也是如此，一旦疏于练习，无论画家有多么丰富的艺术灵感，也不能将其转化为作品完美地呈现出来。练习基本功，就要力求合乎标准、规范一致。

“模子”是铸造或压制物品用的型器，使用“模子”可以造出完全相同的物品。在中国，人们从商周时期开始就广泛地使用“模子”来铸造青铜器。当然，铸造货币也需要先制作模子。古时候，木制的模子叫“模”，竹制的叫“笵”，土制的叫“型”。

表示竹制的模子的“笵”字，不知不觉地演变成了“範”字，即从三点水变成了车字旁。将三种材料制作的模子组合到一起，就产生了“模型”“模范（日文写作‘模範’）”

等词。模型是按实物比例和结构制成的等大或缩小的物品。另外，模子是完全标准的、应该学习的范本，所以“模范”这个含义的由来也不难理解。将原材料放入模子里，然后将其围上，这样就是“范围”，即有界限的空间。而更加晦涩的“范畴”一词，同样也源自模子。

“範”取代“笵”，大概是因为误用吧。原本“範”是古代出车前进行的一种祭祀活动（祭路神），所以是车字旁。在古代，鲜血是最有效的祭品，为此要献上牺牲（祭牲）。出行前，用车轮将狗碾死，车轮沾上鲜血，以求出行平安，这种祭祀规矩就叫“範”。但不知何时，“範”字代替了“笵”，也用来表示模子的含义了。

宪法在日本曾经被称作“不磨大典”，是因为人们认为宪法是恒久不变的。正如“古典”一词，“典”字表示记录道德规范的文献。从字形上看，“典”的上方是代表书籍的“册”，下方是书台。

不变的刑法在中国曾被称为“典刑”，据说典刑最初是由殷商老成人（旧臣）制定的。《诗经》里有一句：“虽无老成人，尚有典刑。”意思是：虽然殷商旧臣已经过世，但他制定的法典依然存在，还会继续约束人们的行为以及社会的一切。

前面提过东汉末年的孔融，他是孔子的二十世孙，后因惹怒曹操被判处死刑。孔融恃才傲物，直言不讳。而且，与孔子不同，孔融性格豪放不羁，经常做出一些蔑视礼教、离经叛道的事。

孔融与名士蔡邕交好。有一位虎贲卫士的相貌与蔡邕相似，蔡邕死后，孔融每次饮酒，都招他与自己同坐。孔融仿照《诗经》中的那句感叹道："虽无老成人，且有典型。"

现代汉语中，"刑"与"型"发音相同。挚友蔡邕虽然不在了，但有一个同他长得一模一样、像是一个模子刻出来的人陪伴自己。蔡邕不是制定刑法的人，孔融用同音字"型"代替"刑"，这里的"典型"正是"不变的模子"之意。大概此例是"典型"这个词最早的标准用法吧。

破竹之势

东汉末年（2世纪至3世纪初期），政局动荡，中国处于分崩离析的时期。203年，曹丕（魏文帝）篡汉为帝，建立曹魏。次年，居于蜀地（现四川省）的刘备称帝。南方孙权也紧随其后，建立了吴国。三国鼎立的局面由此形成，三个国家分别使用不同的年号。这便是我们所熟知的三国时期。

之后的魏晋南北朝时期（又称六朝时期），政权更迭更加频繁，导致长期分裂割据。589年，北朝隋国南下灭陈，终于一统天下。从东汉灭亡算起，已经过了370余年。

其实，在这370余年间，中国并非一直处于分裂动乱状态，其间有过一次大一统时期，虽然仅维持了30余年。

三国中最短命的政权是蜀汉。263年，蜀汉被曹魏所灭。然而，其时的魏元帝（曹奂）是一位傀儡皇帝，实权掌握在司马炎手中。灭蜀两年后，司马炎逼迫魏元帝禅让，即位为帝，定国号为晋。三国之一的蜀国灭亡了，魏的后身晋国与地处南方的吴国形成了两国对峙的局面。

当时，晋国大臣分为两派：一派主张南下伐吴，意图一统中原；另一派反对大军南下，顾忌在北方虎视眈眈的匈奴。两派之间纷争不断。

羊祜是南征派的急先锋，羊祜病故后，杜预接替他成为南征派的领袖，杜预屡次请奏，终于晋武帝（司马炎）下令南征。

公元280年二月，镇南大将军杜预亲率20万大军，攻陷了孙吴的前线基地荆州。荆州位于现在的武汉西面。孙吴的国都建业即现在的南京。晋军计划顺长江由上而下攻吴。然而，此时军中有人提出“出兵需谨慎”的论调——百年之寇，未可尽克。方春水生，难于久驻。宜俟来冬，更为大举。（百年的寇贼不可能一举歼灭。正值雨季，瘟疫肆虐，军队无法久驻，不如等到冬季再大举进攻。）主张继续作战的杜预反驳道：“今兵威已振，譬如破竹，数节之后，皆迎刃而解，无复著手处也。”

晋军继续东进，果不其然，吴军不战自败。三月，吴国都沦陷，距荆州陷落仅一月之隔，晋军的进攻确实势如破竹。“破竹”的典故出自《晋书·杜预传》。

当时吴国末代皇帝孙皓是一位不折不扣的暴君，他对不称心之人剥皮抽筋，甚至挖眼。这种君主是不得人心的，自然应该没有将士愿意为他冲锋陷阵。大概正是杜预早就料到这点，才提出“破竹”论的吧。

晋国攻破吴国，完成一统天下。然而仅过了36年，因为皇室内讧，再加上北方匈奴侵扰，晋国不得不南逃，迁都至建邺（南京）。回想当初，或许反对南征的选择才是正确的吧。为了与之前的西晋相区分，迁都后的晋朝，史称“东晋”，这是史学家的一贯做法。

深渊薄冰

参加巡回演讲等活动时，偶尔会有人找我在纸笺上签字。有一次，与一位同行一起前往北陆，有人找他签字，于是他提笔写下“日日如履薄冰”。看到同行写的这六个字，我甚是佩服。

终日忙于赶稿，有时眼看就到截稿日期了，脑子里却一点灵感都没有，这种日子过得不就是如履薄冰吗？虽然佩服同行的毅力，但是一回到家，想起截稿日期日益临近，心里还是有些忐忑不安。

日本有一段落语[1]，叫“馒头好可怕”，看来每个人害怕的东西还真是不尽相同，比如我就有“满员电车恐惧症”和恐高症。

1　日本的大众曲艺之一，类似中国的单口相声。——译者注

我曾经登上中国江西省的庐山，山上有一处非常有名的景点——龙首崖。据说站在崖边凭栏俯瞰，景色十分壮丽。崖边建有小亭，亭子安有栏杆，但是无论如何我都不敢靠着栏杆俯视万丈深渊。亭子的围墙上、屋檐下画着一道道涂鸦，这些人究竟是用何种姿势将字写上去的呢？光是想想，我都怕得瑟瑟发抖。

“如履薄冰”的比喻是很恐怖的，但对我来说，“如临深渊”更加可怕。因为深渊之上，无疑亦是高处。一旦站在高处，我就会头晕目眩、浑身颤抖、双腿哆嗦，心想要是一下子跌入深渊里可怎么办呢？处于那种状况下，我一定是“战战兢兢”的吧。

似乎古代也有相当一部分人患有恐高症，古人认为坠落深渊而死是最恐怖的死法。有一种说法是“跌落深渊也是罪有应得”，它与“大卸八块都不足以泄愤”这种表达非常相似。

“如临深渊”和“如履薄冰”组成对偶句，形容令人恐惧的处境，二者与“战战兢兢”连用。这三个成语均出自《诗经·小雅·小旻》：“战战兢兢，如临深渊，如履薄冰。”

《诗经》中的这首诗描绘的是国政混乱时期的人民的心理状态。皇帝昏庸，政局动荡，前途莫测。何时会爆发战争？无辜的民众何时会被逮捕、被下狱、被处死？财产何时会被掠夺一空？一切都是未知。

出自《诗经》的这三个成语广为人知，20世纪连日本人也频繁使用。之所以这三句有如此高的人气，是因为长久以来被誉为东亚《圣经》的《论语》曾引用过它们吧，毕竟《论语》的影响力是巨大的。

一首诗中，连续三句形成了三个独立的成语，这种例子十分罕见。

此外，有时也把“如临深渊”和“如履薄冰”压缩后结合在一起，称作“深渊薄冰”，形容提心吊胆、小心谨慎的样子。

垄断

历史上人们一向把孔子与孟子并称为“孔孟”，但与孔子相比，孟子好像还有所欠缺。相传孟子性情乖僻，有点盛气凌人。孟子在齐国游说期间受到了齐宣王的礼遇，但终因意见不合而离开齐国。

孟子有些自负，认为自己不是王之臣，而是王之师。孟子有事进谏，就直接前去拜见齐宣王，他不会听从大王召见的指令上朝觐见。孟子认为，如果齐宣王有事咨询，他应前来登门求教。

有一次，孟子正要去朝见齐宣王，恰巧齐宣王派来了使者。使者传达：“寡人如就见者也，有寒疾，不可以风。朝将视朝，不识可使寡人得见乎？”（寡人也想到您府邸拜访，但是寡人得了感冒不能外出受风，可不可以请您上朝见我？）孟子答道：“不幸而有疾，不能造朝。”（我也不幸生病了，无法上朝。）翌日，齐国大臣东郭氏家中有了丧事，孟子欲前往吊唁。弟子公孙丑劝他道：“昔者辞以病，今日吊，或者不可乎？”（您昨天向齐公推托说自己生病，今天就来吊唁，这样不太好吧？）孟子说：“昔者疾，今日愈，如之何不吊？”（昨天生病了，今天好了，为什么不可以去吊丧呢？）说完孟子便出门了。结果孟子刚出去不久，齐宣王就派人前来探望，并且带来了医生。看家的弟子赶忙说：“今病小愈，趋造于朝。”然后立即派人到路上拦住孟子，向他禀明情况，劝他快去觐见。然而孟子却跑到朋友家借宿了一晚。

这样的事情导致孟子与齐宣王的关系不和，孟子产生了离开齐国的念头。但齐宣王依然不舍，还想尽量挽留孟子。齐宣王提出在临淄城中选一幢房舍给他，再予以万钟（一钟为六石四斗）厚禄供养他的弟子，还下令让官吏、民众皆学习孟子。面对这些条件，孟子义正词严地拒绝道：“……而独于富贵之中，有私龙断焉。”（把弟子都拉拢进官场，享受荣华富贵，这是垄断。）“垄”，即“小丘”；“断”，意为“陡峭的地方”。

古时候的“集市”，是大家为了互通有无而进行物物交换的场所。然而，集市上有一些利欲熏心、手段卑鄙的人，人称“贱丈夫”，他们占据地势较高的“垄断”，从高处环顾整个集市。

通常集市上的人，或者在平地上摆出自己要交换的物品，或者背着东西游走，等待着同别人交换。然而，站在“垄断”上的人一眼就能发现手里拿着好东西的人。而且，说不定这些人早就形成了组织，占据各个小山丘，分头物色好货。由此观之，他们的交换行为已经超出满足生活需求的层面了，而是一种以盈利为目的的投机取巧。

《孟子·公孙丑》里说：“有贱丈夫焉，必求垄断而登之，以左右望，而罔市利。人皆以为贱，故从而征之。”“罔”通“网”，这群人如张网捞鱼一般贪婪地攫取利益。于是，朝廷开始对他们进行课税。

孟子想要表达的是：我不是商人，无论您赐予多少财富，我也不会动摇初衷。由此可见，孟子要离开齐国的心意非常坚定。但是，为了实现自己的抱负，孟子明明可以选择打动齐宣王，选择离开岂不是亲手断送大好时机吗？

按理说，“登上垄断”“徇私垄断”的用法才是正确的，但是现在日语里一般把“垄断”作为动词来使用。

巧妻拙夫

明朝中叶（15世纪末至16世纪初），中国文化迎来鼎盛时期，但艺术中心却不在都城北京，而是在江南苏州一带，即吴地。

当时吴地有四位才华横溢、擅长诗画的文人，他们备受追捧，被并称为“吴中四才子”，他们分别是沈石田[1]、文徵明、祝允明、唐寅。

其中，沈石田和文徵明二人为人谨严稳重，文徵明更是滴酒不沾，据说有人戏弄他，带他去风月场所，结果他拔腿便跑。其余二人，祝允明和唐寅则正相反，他们风流倜傥、洒脱不拘。

1　一般认为“四大才子”分别是唐寅、祝枝山（祝允明）、文徵明、徐祯卿，而沈石田与文徵明、唐寅、仇英并称“明四家”，又称“吴门四家”。——译者注

唐寅，生于1470年，与生性严谨的文徵明年龄相同，但二人性格却大相径庭。唐寅放荡不羁，嗜酒如命，有钱就去潇洒，挥霍一空。唐寅的这种性格是与生俱来的，但同时他遭受的挫折对这种性格的塑造也产生了很大的影响。28岁时，唐寅考中解元（乡试第一名），次年入京应战会试。

那时江南地区的文化、教育水平在整个中国来说都是顶尖级别的，唐寅考取了乡试第一名，按理说参加会试也一定能取得好名次。然而，这一年爆发了一场轰动一时的科举舞弊案（“弘治春闱案”）。

有人说主考官泄露了试题，而唐寅进京后曾拜访过该主考官。虽说拜访过，但未必一定会透漏试题，但最终唐寅还是受牵连入狱。唐寅既然能考中解元，想必也不需要考官泄题吧。也有传言说，有一位富豪担心唐寅会抢走状元席位，不惜花重金暗中操作，捏造了这次舞弊案，总之这件事至今真相依然不明。此外，唐寅进京参加会试的数年前，相继失去了父、母、妻、妹，而其妹据说是自杀而亡。

或许是无辜入狱令唐寅灰心丧气，又或许是亲人相继离世对他打击太大，交了保释金的唐寅回到苏州，从此开始了游荡生活。不管怎样，唐寅是当时的一流画家、书法家，同时也是一位才华横溢的诗人。唐寅曾有诗云：“骏马每驮痴汉走，巧妻常伴拙夫眠。”

前一句的意思是良驹骏马背上总是驮着愚蠢之人。“痴汉”，现代日语里指“色狼”，这句里指“愚蠢之人”。用现在的话讲就是，开着豪华进口车的大都是游手好闲的富二代或者是笨头笨脑的地痞流氓，这样解释更简单易懂。

后一句中的“巧妻”指才色兼备的女人，而这样的好女人通常嫁的是“拙夫”——粗俗愚笨之人。好女人总是嫁给样样不如自己的男人，真令人扼腕叹息。似乎为此烦恼的男性看到这句会深有同感，当然也许一半是在忌妒。

“巧妻常伴拙夫眠”，这句感叹的是人世间不能事事称心如意。诗的后两句是：“世间多少不平事，不会作天莫作天。”正如前文所述，唐寅曾因莫须有的罪名锒铛入狱，他对社会不公的愤恨之情，比我们一般读者更加深刻吧。

这就是时人眼中风流倜傥的唐寅——唐寅，字伯虎，号六如居士，是明朝首屈一指的大艺术家。

归师勿遏

在日本，人称“战前派”或“战中派”的那些经历过“二战”的老人，评价现在的年轻人是“家庭至上”。这可不是夸奖，而是嘲讽。以小家为重，国家、集体、公司等“大家”为轻，这种做法在老一辈人的眼中是不可取的。

当年在战场上这些老人没有梦见过自己的小家吗？温馨的家，记忆中的故土，每晚都令他们魂牵梦萦。“天下谁人不思乡……”这首歌不正是那时流行起来的吗？

古今中外，思乡之情，人皆有之。

《孙子兵法·军争》中有一句“归师勿遏”。“师”，并非教师的师，而是师团的师，即军队。“归师”，即返回故乡的军队。“归师勿遏”，是指当敌人退归时，不可在途中堵截其归路。其实理由很简单，当军队向本国撤退时，如遇拦截，他们定会殊死相拼。既然无法阻挡，还是不去堵截为好。

太平洋战争时期，许多将士客死异乡，战死之前他们是多么渴望回归故乡啊！其实，到了战争后期，军队早已溃不成军，但是受到大海阻隔，他们无法归乡。如果陆地毗连的话，即使队伍被打散，独自一人拼尽全力，翻山越岭，穿越森林，踏过荒野，也要回到魂牵梦绕的故乡吧。

归乡心切的士兵身上蕴藏着一股惊人的力量，因此“归师”的战斗力有平时数倍之多。那样的军队是不可阻挡的。一旦归途受阻，“尔等，竟然阻碍我们回家！”他们会异常愤怒，与对方展开殊死奋战。

那么，应该如何对付“归师”呢？

前方就是故乡，“归师”更是归心似箭。此时不可贸然拦截，而是让他们先通过，尾随其后才是有效的战术。

每前进一步，他们就离家更近一步。怀着这种期盼，他们定是一步都不想后退。家乡就在眼前，此时的他们根本无心同追兵迂回作战。

然而，一旦进入家乡地界，“归师”的战斗力锐减。原本行军有序，现在七零八落，纷纷奔向家的方向。完全没有了军队的组织性、纪律性，像是一群“乌合之众”。

民国时期，虎踞中国东北的张作霖（后乘火车被日本关东军预埋的炸药炸成重伤后逝世）出兵华北，企图一揽大权。

谁知出征华北的将领郭松龄突然倒戈，反过来攻打东北。当大家认为张作霖大势已去之时，奇迹出现了。迫近沈阳（奉天）的郭军已是一盘散沙，竟然输给了张作霖手下毫不起眼的守军。思归的将士无心恋战，只求早日回家。真是应了那句歌词“天下谁人不思乡”！

狮子身中虫

中国古代没有狮子这种动物。唐代狮子作为西域各国的贡品随使者一同来到中国。不消说，进贡的东西都是奇珍异宝。在长安一带唾手可得的东西，就算价格再高也不能被选为贡品。

来自西域的贡品，除了狮子这类动物之外，还有“幻人”。幻人，是擅长魔术的艺人。从天竺（印度）、波斯远道而来的魔术师在唐朝也十分罕见。

因此，狮子一词即使出现在中国的名言当中，也大多是外来语。而那些名言大抵源自佛教典籍。

佛教奉狮子为兽中之王、佛陀为人中之王。佛陀常被尊称为“人狮子”，故汉译佛典中通常把“狮子”写作“师子”，去掉了犬字旁。而佛陀所坐之处，通称为“狮子座”。佛陀以无畏音声说法，如同狮子的咆吼，所以称佛陀说法为

“狮子吼”。另外，佛教典籍《法华经》中，用“狮子奋迅”来形容迅猛的气势。

“狮子身中虫”一词出自《梵网经》。《梵网经》是佛教大乘戒律经典，但在印度无梵文原本，因此有些学者认为此经是中国僧人编纂的伪经。总之，这部经介绍了佛教徒需严格遵守的条条戒律。

佛法之敌是什么呢？是“外道”和“天魔”。“外道”，指佛教以外的宗教，比如源于婆罗门教的瑜伽就被称作“外道禅”。“天魔”，指扰乱身心、破坏行善、妨碍修行的“他化自在天”的魔王。“他化自在天”是佛教欲界六天中最高一层天。

那么，能够毁灭佛法的就是佛法之敌的“外道”与“天魔”吗？

不然。《梵网经》中，佛陀举“狮子身中虫”的譬喻，形象地说明了真正具有毁灭性的东西。狮子即使死了，其他兽类、虫子也不敢靠近。然而，从狮子尸体内部生出的小虫却能肆无忌惮地啃食狮子的血肉。正所谓“如狮子身中虫，自食狮子肉，非余外里”。所以说，真正能毁灭佛法的不是其他宗教，也不是妨碍佛教徒修行的外部敌人。能够毁灭佛法的，只有僧中之恶比丘。

“如是，佛子自破佛法，非外道天魔能破。”“佛子”，即佛教弟子。《梵网经》是否是伪经暂且不谈，这句话却是至理名言。

纵观历史，绝大多数走向灭亡的朝代，都是在敌军出现之前，朝廷内部就已经产生腐败、内讧等问题，自己削弱了自己的国力，最终导致山河破碎。

身处我方阵营却做不利于我方的事情，这种人就是“狮子身中虫”。切记“消灭狮子身中虫！”“你可真是狮子身中虫啊！”这些话可不是说给敌人听的。

强弩之末

建元六年（前135年）汉武帝统治时期，韩安国担任御史大夫，官职仅次于丞相，相当于现在的副首相。

当时汉朝最大的问题是对匈奴采取什么政策，是远征攻伐还是结盟和亲，重臣会议上分成了两派，互相争论了起来。鹰派代表是大行（相当于外交部长）王恢，鸽派代表就是御史大夫韩安国。为了说明发兵攻打匈奴是不利的，韩安国这样比喻道："且臣闻之，冲风之末，力不能起毛羽；强弩之极，力不能入鲁缟。"（《汉书·韩安国传》）

不管汉军多么强悍，待穿越长城抵达漠北匈奴之地时，力量也一定会衰竭，故不可贸然远征。年轻的汉武帝很有远见地听取了韩安国的意见，决定采取和亲政策。

然而次年，鹰派王恢向汉武帝献策，说有妙计可以诱敌深入，能够消灭匈奴，活捉单于。于是汉朝调动了30万大军，埋伏在马邑城。可是，匈奴在途中察觉到这是汉军陷阱，立刻退兵了。汉朝消耗了大量军费，却无功而返，王恢不得不引咎自尽。

340 多年后的东汉建安十三年（208 年），爆发了三国时期最著名的一场战役——赤壁之战。曹操率大军攻破荆州后继续南下，在长坂坡与刘备激战，刘备战败逃亡。刘备的军师诸葛亮奔赴吴地，劝孙权与刘备结盟对抗曹操。

“非刘豫州莫可以当曹操者，然豫州新败之后，安能抗此难乎？”东吴孙权对“联蜀抗曹”一事有所迟疑，但是，若放任不管的话，不远的将来曹操定会一手遮天，届时东吴也不得不投降。孙权一时不知如何是好。

这时大军师诸葛孔明想起了 340 余年前韩安国曾用过的比喻。《史记》和《汉书》中对韩安国的典故都有记载，但说法稍有不同[1]。当然，诸葛孔明一定读过。

“曹操之众远来疲敝，闻追豫州，轻骑一日一夜行三百余里，此所谓‘强弩之末势不能穿鲁缟’者也。且北方之人，不习水战。豫州军虽败于长坂，今战士还者及关羽水军精甲

---

1 《史记·韩长孺列传》中记载“且彊弩之极，力不能穿鲁缟；冲风之末，力不能漂鸿毛”，而《汉书·韩安国传》中记载“且臣闻之，冲风之末，力不能起毛羽；强弩之极，力不能入鲁缟”。——译者注

万人，刘琦合江夏战士亦不下万人……”（出自《三国志·蜀书·诸葛亮传》）

通过诸葛孔明一番劝说，孙权大悦，答应与刘备联手对抗曹操。于是就有了历史上著名的“赤壁之战”。

不习水战的曹军于赤壁大败，再加上军中爆发疫病，死伤惨重，遂退回北方。曹军的确是“强弩之末”，这场败仗充分印证了诸葛孔明的判断。

死灰复燃

现在，“死灰复燃”这个成语在中国仍然很常用，而日本人却不怎么使用了。

按理说，燃烧后的灰烬是不会复燃的，正因为如此才被称为“死灰”。但是，从表面上看好像不会再烧起来，其实“死灰”并没有真正熄灭，其底部仍有一些尚未燃尽的火星，仍有可能再次燃烧起来。

如某位政治家下台了，看起来他的政治生涯也到此结束了，他不会东山再起了，然而不知不觉中他却像凤凰一般浴火重生了，此时就可以用“死灰复燃”这个词来形容。

在日本，“死灰复燃”这个成语没有得到普及，恐怕是因为“死灰”这个词和日语格格不入吧。这两个字读起来不顺口，给人的感觉也不好，所以日本人对这个成语产生了“排斥反应”吧。

但是，日本有一句谚语——“旧情复燃”与“死灰复燃”有几分相似。不过，这句谚语好像只用在男女关系上。已婚且有子嗣的男性或女性，在大街上或者同学会上，偶然遇到了自己的初恋，然后旧情复燃了……日本的这句谚语专门用于这种场合，而倒台的政治家东山再起的时候基本不用。

中国的“死灰复燃”画面比较生动，当然有时也带有一丝血腥，而日本的“旧情复燃”画面比较香艳。虽然都是“复燃”，但含义大有不同。

“死灰复燃”这一成语最早见于司马迁的《史记·列传》，据记载最早使用这个成语的人是上一篇“强弩之末”中提及的韩安国。正如前文所述，此人最后晋升为西汉御史大夫（副首相），但他最早为梁王效力。梁国是汉朝的一个诸侯国，汉朝皇帝分封其宗室为诸侯王，赐予他们封地和管理权力，希望这些诸侯国可以拱卫中央，世世代代维护汉朝对于天下的统治。

韩安国很有才干，但也因此常遭人忌妒、憎恨。他在西汉梁国任职期间，有一次触犯了法律，被关在大牢之中。但是《史记》中并没有明确记载其入狱原因，但求平安无事的官吏不大会触犯法律，恐怕是什么事情做过了头才被关入大牢的吧。

当时监狱之内有一个名叫田甲的狱吏，他多次侮辱韩安国。欺负毫无抵抗能力的囚犯，真是一个卑鄙无耻的势利小人。韩安国终于忍无可忍，说："死灰独不复然（燃）乎？"意思是，我可能有一天会东山再起，到那时你该怎么办呢？田甲道："然即溺[1]之。"

不久，西汉朝廷派使者任命韩安国为梁国的内史，他从囚徒摇身一变，成为了俸禄二千石的官员。可谓"死灰复燃"了。田甲闻讯仓皇出逃。于是韩安国在各地张贴布告"甲不就官，我灭而宗"。无奈，田甲只得返回，脱衣露胸前去谢罪。韩安国原谅了他，笑着说："可溺矣！公等足与治乎？"

细细想来，当面说这番话，不正是最狠的报复吗？

1　溺：小便，这里指用小便浇灭。——译者注

一助

“为福利事业献上一助”，日本的报纸上时常刊登某人捐献了大笔资金之类的美谈。这里的“一助”，逐字解释的话就是“一点帮助”，是一句自谦语。

据说“一助”一词起源于古代殷商王朝实行的“井田助耕制”。这种制度被称为“九一而助”。那时人口稀少，土地广阔，可以自由划分。一块正方形的田地按井字形划为九块，周围的八块为私田，授予八户农民耕种，中间的一块为公田，由八户人家助耕。公田的收获作为租税上缴给统治者。公田由大家协作耕种，大大减少了各家的负担。

日本大化改新时期推行的班田收授法也汲取了殷商井田制的做法。

关于“一助”，历史上还有一则逸闻。

公元前202年，汉高祖刘邦建立了汉王朝。晚年汉高祖独宠戚夫人，冷落了吕后。当时的太子是正室吕后所生的儿子刘盈（汉惠帝），这本是没有异议的，但戚夫人却在刘邦身边大吹枕边风，央求刘邦废掉太子刘盈，另立自己的儿子刘如意为太子，甚至日夜假意啼哭，以泪洗面。为此，刘邦也动了废太子的念头。

吕后十分担心，想找张良商议此事。

张良，汉初杰出的谋士，汉高祖刘邦能够夺取江山都得益于张良的足智多谋。吕后将希望都寄托在张良身上。

建成侯吕泽奉吕后之命去请张良，求他献计。

“今天下安定，以爱欲易太子，骨肉之间，虽臣等百馀人何益。”[1]张良表示不想参与皇帝的家务事。

“为我画计。”吕泽一定要他出个主意。

张良认为“此难以口舌争也”，想让高祖回心转意，必须拿出事实来。

那么，事实是什么呢？

张良说：“顾上有不能致者，天下有四人[2]。四人者年老矣，皆以为上慢侮人，故逃匿山中，义不为汉臣。然上高此

1　出自《史记·留侯世家》。——译者注

2　四人即被称为“商山四皓”的东园公、绮里季、夏黄公和角里先生。——译者注

四人。今公诚能无爱金玉璧帛，令太子为书，卑辞安车，因使辩士固请，宜来。来，以为客，时时从入朝，令上见之，则必异而问之。问之，上知此四人贤，则一助也。”

果然，得知四位隐士辅佐太子一事，高祖刘邦便放弃了之前的念头。他对戚夫人解释道：“我欲易之，彼四人辅之，羽翼已成，难动矣。”

张良的这“一助”，真可谓是力挽狂澜，扭转乾坤了！

披露

“披”意为“打开”，“露”意为“表露”。这两个汉字连在一起，意思是“打开露出”，即“公布、发表”。

除此之外，还有一个词“披沥”。“沥”的本意是“注入”，“披沥”就是“打开注入”，即“吐露真心”。

“披露”与“披沥”非常相似，如同孪生，都表示“毫不隐瞒”之意，但后者的语气更强烈。前者的语感就像是打开盒盖然后让人自由欣赏，而后者更像是打开盒盖，把盒子里的东西一股脑都倒在地上，然后让人仔细观看。

这里虽然用盒子做了比喻，但真正过安检、检查手提箱时，却不用这两个词，因为二者展示的是内心。

盒子也好手提箱也罢，打开盖子就能把里面看得一清二楚。而人的内心是看不见的，内心的想法只能通过语言或行为来表达。但问题是，有的时候语言或行为反映的并不是内心真实的想法。

有的人能说会道，有的人妙笔生花。有的人，大腿上坐着一个美女，一边与美女调情，一边还能撰写友人的悼文，而且写出的悼文催人泪下。有的人，其行为也是表里不一，例如，外表看起来稳重干练的一个人背地里或许常对人冷嘲热讽。

人太正直，容易吃亏。他们往往笨口拙舌，写出的东西也是文不成章、句不达意，全然不知该如何粉饰自己。

对于他们来说，只恨不能展露真心。如果可以，真想当场剖腹，将自己的心公之于众。“披露”和“披沥”就包含了这种急不可待的心情。从“披露腹心”（出自《三国志》）、“披露肝胆”（出自《后汉书》）这两则例子可以看出，披露的对象一般是内脏，古人认为人的真心隐藏在内脏之中。

忠臣比干冒死进谏，暴君殷商纣王大怒道：“我听说圣人的心有七窍！今天我倒要看看你的心是不是七窍！”于是，将比干活生生开膛挖心了。

北宋宰相司马光（1019—1086）奉皇帝之命写了《体要疏》，其中有一句“披肝沥胆”。不消说，“披肝沥胆”就是“披沥肝胆”。

原本十分悲壮，又有点血腥的“披露”一词传到日本后，词义与“公布、宣扬”对接，常用在喜庆的事情上，如婚礼喜筵、宣布就任社长、宣布继承师名等。

杜撰

以前的入学考试试卷中汉字标注假名的题里，常能看到“杜撰”一词，想当然地把它念作“tosen”的话，那就错了。但是，为什么这两个字必须要读成“zusan”呢，谁都无法给出一个合理的解释。“杜撰”，“编造、捏造”之意，其由来也是众说纷纭，没有定论。从这个角度来看，这个词本身就像是杜撰的。

“撰”指撰写文章。当看到“某人撰”的署名时，可能有人会误以为是某人选出一篇他人的文章，并在上面署名的，其实不然，明确地讲，是其创作的文章。

关于“杜撰”的由来，最具说服力的说法是，一位姓杜的人，他写的文章内容空乏、荒诞不堪，从那以后，人们便把不伦不类的诗文称为“杜撰”。

“哈哈哈，这篇文章，简直像是出自那位杜先生之手啊！……”渐渐地这种说法被固定了下来。那么，这位杜先生是何许人也？同样，这个问题也没有定论。

一说是，北宋有一位文人，叫杜默，虽然与欧阳修齐名，但他写诗不同寻常，全然不顾规则。汉诗讲究平仄、押韵，而律诗对格律要求更为严格，律诗要求二、三两联（即颔联、颈联）的上下句对仗。杜默写诗从不拘泥于形式和规则，因此那些不合常规的诗，都被人们调侃为好似杜默所作，这就是“杜撰”一词的由来。

然而，也有一种观点认为上面的说法是不对的。同样在北宋时期，曾有一位文人叫盛度，他比杜默早一代。有一次他撰写了一篇碑文[1]，呈送中书省。上级官员问他：“这是谁撰写的？”盛度匆促回答：“度撰。”说完顿时满堂大笑。现代汉语里，“度”与“杜”同音，人们大笑是因为联想到了“杜撰”。这则典故证明了在杜默之前，就已经有了“杜撰”一词了。

另一种说法是，唐代道士杜光庭撰写了大量佛教书籍，但大都荒诞不经，“杜撰”由此得来。

总之，宋代之前的某位杜先生写作不伦不类（或是不循

1　即《张文节公知白神道碑》。——译者注

规蹈矩），于是“杜撰”一词就产生了。那么，到底哪位杜先生才是这个词的缔造者呢？至今不得而知。“杜撰”之所以是杜撰，这也是原因之一吧。

此外，还有一种说法认为“杜”不表示人名，“杜”字原本有“粗劣”之意，如自家酿的酒，一般被称为“杜酒”，这个词正是该用法的遗留。外行酿的“杜酒”，其品质一定粗劣。因此，用“杜撰”来形容粗制滥造的文章也就不足为奇了。其实，这种用法并不罕见，如从非正规米商处购买的米，叫“杜米”。

综上所述，“杜撰”一词的起源已难以寻觅，不得不说使用这个词的人们或多或少也在“杜撰”。前人没有明确记录词源的话，后世的我们可就一筹莫展了。

渔翁之利

中国战国末期，即公元前3世纪，有许多说客（纵横家）游说各国，他们凭借三寸不烂之舌，为掌权者出谋划策，如果有幸得到赏识，便可获取功名利禄。当时最著名的说客就是苏秦与张仪，二人先后官拜宰相，掌控天下。

苏秦族弟苏代，虽不及兄长，但也称得上是当时著名的说客。

战国七雄中，实力最弱的是燕，燕国以现在的北京为中心建立政权。邻国赵欲伐燕，“借你的口舌，让赵王打消念头吧”，燕王命苏代游说赵国。于是，苏代奔赴赵国都邯郸，拜见当时赵国的统治者惠文王。苏代给惠文王讲了一则寓言故事：“今者臣来，过易水，蚌方出曝，而鹬啄其肉，蚌合而箝其喙。鹬曰：‘今日不雨，明日不雨，即有死蚌！’蚌亦谓鹬曰：‘今日不出，明日不出，即有死鹬！’两者不肯相舍。渔者得而并擒之。”（《战国策·燕策》）蚌与鹬互不相让，结果让路过的渔翁捡了便宜。利用他人的矛盾，第三者不费吹灰之力便从中获利，这就是“渔翁之利”。该成语出自苏代阻止赵王伐燕的典故。

“渔翁”是对捕鱼老者的称呼。“渔翁之利”语出《战国策》，但现在日语里多写作“渔夫之利”，有时也写作“渔人之利”，意思都是一样的。

不消说，在易水河畔晒太阳的蚌是燕国，而垂涎蚌肉的鹬自然就是有意出兵伐燕的赵国。燕国虽弱，但遭遇外敌入侵也会殊死抵抗，正如鹬鸟的长喙被蚌紧紧夹住一样，赵军恐怕也会难以自保。

那么，获利的会是谁呢？获利的渔翁正是秦国。当时位于西方的秦国，国力稳步增强，逐渐发展为超级大国。

“今赵且伐燕，燕赵久相支，以弊大众。臣恐强秦之为渔父也。故愿王熟计之也。”

听了苏代的一番劝谏，惠文王道：“善！”于是下令停止出兵。

伯乐一顾

上一篇已经讲过，大说客苏秦的族弟苏代凭借“渔翁之利”的典故成功阻止了赵王出兵伐燕。苏代虽然格局不及兄长，但仍是一位恪尽职守、勤勤恳恳的谋士，《战国策》中记载了许多他的事迹。

说客以唇为枪，以舌为剑，他们最大的苦恼就是出场的机会少之又少，且必须是非同一般的场合下才能施展唇枪舌剑。说客在大街上说法，即便是喊破喉咙也无济于事，因为他们要游说的对象是高高在上的统治者。在发挥自己的三寸不烂之舌之前，需要进行一系列准备活动，才能得到皇帝召见。准备活动不成功，那么再厉害的说客也无用武之地。

即使有幸得到皇帝召见，说客还要担心皇帝能否听取自己的谏言。站在朝堂之上，讲得慷慨激昂，大汗淋漓，然而定睛一看，皇帝早就昏昏欲睡了。这令说客不禁反思，自己何苦拼命进谏呢？

“陛下，此次召见之人可是举世无双的说客啊！”

若宠臣能替说客美言的话，皇帝或许会倾听其言论吧。

苏代为燕国去游说齐国，在觐见齐威王之前，他先拜访了备受齐威王宠信的大臣淳于髡，对他说道：“足下有意为臣伯乐乎？臣请献白璧一双，黄金千镒。”

伯乐，擅长相马的名士。古人认为伯乐是真实存在的人，他姓孙，名阳，此人在鉴别马匹优劣方面具有绝对的权威。现如今，人们把职业棒球球探中的翘楚也称作伯乐。

有一个卖马的人，接连三天守候在马市，但都无人光顾。于是他去拜访伯乐，恳求道：“愿子还而视之。去而顾之，臣请献一朝之贾。”(《战国策·燕策二》)

于是，伯乐照着卖马人的话做了。他连一句“这真是一匹良马”之类的话都没有说，只是绕着马看了一圈，然后离开时又回头瞅了一眼。但是，只要伯乐在马市一现身，众人就会关注他的一举一动。大家心里盘算着，能令相马之神伯乐环视、回顾的马，绝非劣马。因为“伯乐一顾”，这匹马的价格立即就涨了十倍。

苏代希望淳于髡做其伯乐把他引荐给齐威王，便讲了上面的故事。

“此人非同一般！”收了谢礼的淳于髡一定是一副若无其事的样子，在齐威王面前称赞了苏代。于是，齐威王召见苏代，甚是中意，倾听了他的谏言。（淳于髡具有敏锐的观察力，他举荐之人一定错不了。）齐威王对苏代抱有先入之见，所以这次召见才如此顺利，这不正是“伯乐一顾”吗？现如今在各行各业，渴望伯乐一顾的新人多如牛毛，或许有人打算像卖马者和苏代一样拿着谢礼前去拜访伯乐。

三纸无驴

沿着丝绸之路旅行，随处都能看见毛驴。毛驴驮着货物，默默前行，十分温顺。以前在北京城也经常能看到驮着货物的毛驴，但现在基本上看不到了。随着时代的进步和社会的发展，自行车已经成了人们的代步工具，而卡车也已经成了运输货物的主要交通工具。

时隔两年，当我再次来到新疆维吾尔自治区喀什市时，令我印象最深的是大街上自行车数量明显增多了。两年未曾见过面的友人问我这次的感受如何，我便如此作答。“有吗？”友人侧着头，一脸难以置信。一片土地上慢慢发生的变化，当地人往往是注意不到的。自行车增多，意味着毛驴越来越少了。

据说丝绸之路沿途的人们常用毛驴和羊肉的价格作为物价的标准。这里所说的毛驴，不是驴肉，而是拉货的毛驴。

当然，不同年龄的毛驴，价格也是参差不齐，总的来说一头壮年毛驴的价格在50元人民币左右，比自行车便宜很多。

据说东汉永平年间（58—75年），皇宫里使用的辇车，从马辇换成了驴辇，这样一年下来可以节省许多支出，金额相当于数千名步兵的军饷。此外，也有不少典故讲的是因家境贫寒买不起马而选择骑驴。由此观之，大概自古以来毛驴的价格就比较低廉吧。

因为价格低廉，所以毛驴的买卖从来都不是什么大生意，即便是写了买卖合同，也不过是简简单单、敷衍了事罢了。

中国南北朝时期，骈文盛行。6世纪颜之推所著《颜氏家训》中记载了这样一则典故："博士买驴，书券三纸，未有驴字。"把这句压缩，就成了"三纸无驴"。

一桩小买卖，合同写了三页，却没有一个"驴"字，正所谓"下笔千言，离题万里"。

《颜氏家训》里，作者在介绍这则典故之前说道"问一言辄酬数百，责其指归，或无要会"，以此慨叹当时的文风。

阅读晦涩又冗长的论文时，常常让我心急如焚，甚至很想当面追问作者到底想表达什么。文章写得简明易懂是最理想的，如果达不到这种境界，最起码要把关键的地方交代得清清楚楚。有的文章长篇累牍，却不得要领，为何要这样写，实在令人费解。把晦涩视为高深的时代早就一去不复返了。

日本的报纸、杂志通常按照稿件的页数计算稿费，想来这种计费方式是造成“三纸无驴”的元凶吧。有的作家，大概是为了多写几页而废话连篇，写着写着就把最关键的信息给写丢了。

小狐濡尾

伪装败露也叫“露出狐狸尾巴”。虽然狐和狸能化身成人，但尾巴是藏不住的，因此经常会被识破，即使是修炼了千年的狐狸精也无法完全藏起尾巴。

传说商纣王的宠妃妲己就是金毛九尾狐所变。狐狸的神力来自尾巴，有九条尾巴的九尾狐就是“狐界至尊”了。不过，尾巴既是狐狸力量的来源，反过来也是其最致命的弱点。

靠武力夺取天下之人，最终会因武力而败北。同样，用尾巴施展神力的狐狸也会因尾巴而毁了自己。

据说狐狸渡河时，一旦尾巴沾湿，就会溺水。当然这只是一种传说，并不存在科学依据。当我们看到狐狸那毛茸茸的大尾巴时，也不禁会担心尾巴会妨碍狐狸行动。狐狸的尾巴很粗壮，看起来就很沉，若是沾上水，尾巴一定更重了。正是源于这种观察和思考，才有了这样的传说吧。

“未济”是《易经》六十四卦的最后一卦，卦辞原文是“小狐汔济，濡其尾，无攸利”。“小狐”就是没有经验的幼狐，一开始小狐翘着尾巴，小心翼翼过河，但快到对岸的时候，一不留神弄湿了尾巴，结果落水沉没了。

此卦象表示开始进展顺利最后却不得续终。所以，此卦一出，即使是再完美的计划，也最好暂时搁置。“小狐濡尾”这一成语提醒我们，就连狐狸这样精明的动物都有失策的时候，做人还是小心谨慎为好。

还有一词“狐疑”，表示多疑，遇事犹豫不决。

盟律、河津，都是黄河边的渡口。冬天河水结成冰，有几丈厚，车马可以在冰上驶过。但是，冰刚结的时候，附近村民不敢贸然走上冰面。等看到狐狸敢从冰上走到对岸去，人们才放心渡河。狐狸生性多疑，且善听，它在冰上走，总是边走边听，听听冰下没有水声，才肯走过去。这是古人利用狐狸听觉判断河冰结实程度的巧妙方法。

人类一边嘲笑狐狸多疑，一边却在利用它的多疑。实际上，狐狸多疑，是在防范天敌而已。那么，狐狸的最大天敌是什么呢？据说狐狸肉不怎么美味，但狐狸的毛皮却是高档毛皮，尤其是狐狸腋下的一小块皮毛，其色纯白，轻柔难得，谓之“狐白”，用“狐白”制成的裘衣就是“狐白裘”。“狐白裘”非常珍贵，一裘千金，古时候连诸侯王都无法轻易拥有，据说集上千只狐狸的腋下之皮，才能制成一件狐白裘。

稍有不慎就会被捕获剥皮，做成狐皮围巾或是狐白裘。狐狸生性多疑，难道不是人类导致的吗？全世界都在谴责日本的捕鲸活动，为何无人责备作为英国贵族传统娱乐的猎狐运动呢？

支离灭裂

日语“支离灭裂”形容支离破碎、杂乱无章的状态。当说话前后矛盾、语无伦次时，也可以使用这个成语。总之，这一成语用于极其异常的情况。

“支离”二字，表示零乱、破碎。古代，曾有两位名叫“支离”的人。当然，或许历史上还有叫此名的人，但有文献记载的只有这两位。

其中一位是有名的屠夫，据说他非常擅长肢解牛、猪等牲畜，故而得名“支离”。

而另一位是《庄子·人间世》中提到的一位肢体畸形的人，全名“支离疏”。“支离”大概就寓意他形体不全吧。有关支离疏，《庄子》中这样写道：“颐隐于脐，肩高于顶，会撮指天，五管在上，两髀为胁。”像支离疏那样形体残缺不全之人，犹可终其天年，庄子借此故事提出了“无用之用”的哲学理论。

虽然支离疏身体残疾，但他仍然可以靠给人缝衣浆洗糊口度日。战时征兵，与其年纪相仿的年轻人都被朝廷征召了，唯独他可以免除兵役。时人有逃避兵役者，东躲西藏，而他完全不必躲藏，他甚至捋袖扬臂在征兵人面前走来走去。

政府每当实施大型工程时，如修筑长城或建造宫殿，需要从各地征召劳役，支离疏因身有残疾而免除劳役。战争中伤亡惨重是不消说了，即使是在修筑长城这样的工程中，由于劳动强度太大，过劳致死者也层出不穷。

同村年纪相仿之人，只要是身体健全的，都免不了因战争、徭役而英年早逝，支离疏反而比他们都要长寿。

庄子在介绍支离疏的典故之前，先讲了一棵被世人当作神社的巨大栎树的故事。

这棵栎树树冠大到可以遮蔽数千头牛，但“以为舟则沉，以为棺椁则速腐，以为器则速毁，以为门户则液樠，以为柱则蠹。是不材之木也，无所可用，故能若是之寿”。若非“散木”，恐怕早早就被砍了。

支离疏不但可以免除兵役、徭役，偶尔执政者为了自我满足大搞慈善，向残疾人赈济米粟，支离疏作为残障人士还可以领到救济。

“灭裂”一词出自《庄子·则阳》“治民焉勿灭裂”，表示“草率、粗略”之意。

另外，太古时期，人们向神灵献祭，不仅会献上牛、羊、猪等牺牲，甚至还会献上人祭。但是，不能献上神灵厌恶的祭品，如“牛之白颡者、豚之亢鼻者与人有痔病者”（《庄子·人间世》）。

患有痔漏疾病之人，不会被选作人祭。这也是《庄子·人间世》中记载的内容，其结论是，被神灵厌恶反而是一种幸运。

池鱼之殃

我们永远都无法预测灾难会在何时以何种形式降临。走在街上，被从天而降的砖瓦砸中，此类事故时有发生。看来走路也不能掉以轻心啊。我在报纸上曾读过这样一篇报道，一路人被突如其来的坠物砸中身亡，但坠落的不是砖瓦，也不是传说中会飞的久米仙人[1]，而是从楼顶跳下自杀的一人。日语里把这种飞来横祸称作“殃及池鱼”。

现如今通常只有老人拄拐杖，但是在过去拐杖是绅士必备的物件之一。头戴黑色圆顶礼帽，身穿皱巴巴礼服的卓别林，为了展现绅士风度，手里总是拄着一根拐杖。日本明治时期，拐杖也很流行。由于明治政府颁布了废刀令，禁止武

1　日本传说，久米仙人本是大和天上的人，入深山修仙术，能飞行空中。一日见河边洗衣女人露其胫，忽起染心，遂失神通，坠地不复能飞。——译者注

士在腰间佩带长刀和短刀，于是为了防身，两手空空的武士只好勉为其难携带一根拐杖吧。当时，甚至有人携带内藏利刃的手杖，称为“杖刀”的一种危险武器。与人发生争斗时，手杖立即变成武器。双方挥舞杖刀，有时会误伤一旁的路人，真是祸从天降啊！这种意外的灾祸就是殃及池鱼，此外，也可以说成连累、牵连等。

春秋时期，与孔子同时代，宋国有一位司马，名桓魋，是一位恶人。“孔子过宋，宋司马桓魋恶之，欲杀孔子，孔子微服去。”（《史记·宋世家》）据说桓魋后因作恶，难以在宋国立足，便逃亡他国了。桓司马手中有一颗珍贵的宝珠，尽人皆知。宋王很早就想得到他的宝珠。恐怕宋王是为了将宝珠据为己有，才降罪于桓司马吧。

相传桓司马只身一人逃亡，没有将宝珠带走。宋王询问知情者，想弄清宝珠的下落。有人答道：“投之池中。”于是，宋王命人把池水抽干，但未见宝珠。池水被抽干了，池中之鱼受牵连全都死了。

完全是意料之外的灾难啊！这种因受牵连而无端遭到的祸害就称为“池鱼之殃”。此外，这个成语也可以用来表示“火灾”。

一种说法是，有一人名叫池仲鱼，一日城门失火，池仲鱼不幸被烧死，所以就叫“池鱼之殃”。这个词既表示“受牵连、被殃及”，同时又表示“火灾”之意。不过，总觉得这种说法太牵强附会了。

另外，有一句成语叫“城门失火，殃及池鱼”，意如其字，城门失火，大家都到护城河取水，水用完了，鱼也死了。

与此类似的成语还有“池鱼堂燕”，失火时，不仅是池中鱼，连堂前燕也会无辜受祸。燕子动作敏捷，闻到烟味，就立刻飞走了。可是屋檐下的燕巢还是被烧毁了。归根结底，这是一场无法预料的灾难。

龙头蛇尾

各行各业都有可怕之人。

可怕之人，通常不怎么讲话。喋喋不休之人，绝非可怕之人。沉默的人之所以可怕，是因为无法探知其内心深处。滔滔不绝之人，大抵会吐露其心思。纵然心思很深，知道其深度便可安心了。

“原来此人心思这么深啊！”看清便可。当然，如果对方心思浅显的话，更能令人安心。毕竟不必戒备那些比自己简单得多的人。

也有人深谙此道，尽量保持沉默。当然，这是一种无耻的做法。自己的情况，虽然没什么大不了的，但是也不想与他人分享，于是选择闭口不谈。一句话也不说，别人也就无从知晓自己的深浅了。

但是，一味地沉默不语，也会被人怀疑是脑子不够灵光，所以偶尔也要展现一下自己的精明果断之处。当然，略微展示一下片鳞只甲便罢，时间过久的话，恐怕会暴露自己的底牌，还是隐藏为上策。

睦州（现浙江省）陈尊宿，名道明，宋代黄檗禅师一派的高僧。一日，陈尊宿遇见一位僧人，遂问道："近离甚处？"意为："从何处来？"修禅之人提出这种问题，往往期待对方能给出富有哲理的回答。僧人"喝"了一声。

禅宗的"喝"，包含多种含义，有时是富有禅机的回答，有时只是一种装腔作势。

陈尊宿继续发问，僧人又是一喝。

间不容发地以"喝"回应，不禁让人觉得此僧非等闲之辈。比起侃侃而谈，这样的回答禅机更深。

沉默或许包含丰富的内容，抑或毫无内容。沉默可以是深沉的，也可以是肤浅的。僧人于沉默中故意发出"喝"来装模作样，借此隐藏自己的肤浅，显示自己达到了高深的境界。

若是普通人说不定就被僧人蒙混过去了，但是陈尊宿早已识破僧人在装腔作势。

"三喝四喝后作么生？"三番四次大喝之后，僧接下来会如何回答呢？在陈尊宿追问之下，僧人终于闭口认输了。

第一声“喝”，气势磅礴。僧人悟到一喝之窍门，便觉得此法会屡试不爽。然而，陈尊宿完全识破了僧人的伎俩。再三追问之下，僧人便无语了。

最初的气势是“龙头”，后来的无言以对、甘拜下风是“蛇尾”。《碧岩录》中介绍了这个“睦州掠虚汉”的禅宗公案，评语是“龙头蛇尾”。

青云之志

有句话叫“常抱青云之志，莫但求田问舍”，“青云之志”指建功立业、出人头地的远大志向。词典里的解释是“修德养性，达到圣贤境界的志向”。但是，人们使用这个成语时，含义的重点一般放在“功名心”上，如“Boys be ambitious！”“年轻人，树立远大的理想和抱负吧！”

用特定的颜色表示方位、季节、神兽，是中国传统文化之一。青代表的方位是“东”，季节是“春”，神兽是“龙”。日本高松冢墓室壁画中，受人瞩目的方位神兽青龙也位于东方。

赤代表南方、夏季、朱雀；白代表西方、秋季、白虎；黑代表北方、冬季、玄武。此外，有“日本国技”美誉的相扑运动，比赛场地上方有顶篷，四角悬挂黑（西北）、蓝（东北）、红（东南）、白（西南）四种颜色的彩布，同样也运用了颜色与方位的搭配。

提起青色，人们会立即联想到春季、东方、青龙。日出东方，把人生的日出阶段称为“青春”，也是由来于此。

青色充满朝气，令人神清气爽。“青”与“云”字搭配，语气激昂，催人奋进。青云高高在上，年轻人的功名之心恰似冲破天际，直达云霄。

西汉末年，1世纪的文人杨雄在《解嘲》中写道：“当途者升青云，失路者委沟渠。”与现在不同，古时文人想要出人头地，只能选择踏入仕途，没有其他出路。或者登上云霄，或者坠入沟渠，面对这样的二选一，积极的年轻人多选择抱有青云之志。

“东西”与“春秋”相对，故“青”与“白”也是相对的。唐代诗人张九龄（678—740）有诗云：“宿昔青云志，蹉跎白发年。”（《照镜见白发》）诗中“白发”对“青云”。

说到底，出人头地是尘世的愿望，俗气至极。为了争权夺势，明争暗斗，掀起腥风血雨。“青云”一词，初见给人一种高洁清雅之感，实则背后隐藏着肮脏龌蹉。“青云之志”含有对权势的狂热崇拜。

同样包含“云”字，“白云”一词却不带一丝俗气。例如佛教寺院又名“白云居”，这个名字很容易让人联想到超凡脱俗的极乐净土。不过，也有人说现在的白云居反而比俗世更丑恶，但这终究是堕落之后的模样，其本源还是一片清净之地。

原本志在青云，却屡受挫折，绝望之极，转头向往白云深处的净土。这种转变，是不难想象的。正如许多权力斗争的败者最后大都选择遁入空门。当然，不仅是败者，有的人获胜之后感悟到了胜利的空虚，于是选择从青云转向白云。白居易有一句诗，“抛却青云归白云”，这句诗从古至今曾引起了许多人的共鸣。共鸣者虽多，抛却青云者却少之又少。

和光同尘

在日本，“和光同尘”常被当作佛教用语使用。然而，它原本出自老子《道德经》，“和其光，同其尘”。纵然有耀眼的才华和能力，还是尽可能收敛光芒，不要太引人注目为好。虽然一身清净，但周围人都沾染了俗世烟尘，那么也要混同自己于尘世之中。老子认为与尘俗相合而不自立异之人为“天下之贵”，是其眼中的理想形象。

老庄之徒，多有奇特出众的言行。敢与世俗作对，注定引人瞩目。然而，这与老子之道是相悖的。老子将和光同尘之人奉为圣贤，厌恶招摇过市、引人注意。众所周知，竹林七贤虽好老庄之学，但行为放荡不羁而又谈吐不俗。

6世纪的颜之推在所著的《颜氏家训》中，曾批判竹林七贤之一的嵇康道：“嵇夜叔排俗取祸，岂和光同尘之流也。”

于佛教，“和光同尘”之意是，佛陀、菩萨为救度众生，需隐藏菩提之智慧光，以应化身权假方便，生于充满烦恼之尘世，与众生结缘，次第引导众生入佛法。这种用法与《道德经》中的含义有很大的差异。不过，这种用法在日语里却十分普遍。在中国或许也曾有过这种含义和用法，但至少在有代表性的佛教文献中并无体现。相反，日本的《三教指归》《正法眼藏》等著名佛教文献中均可见此成语。不仅如此，《平家物语》等文学作品中也使用了这种用法的“和光同尘”。

看来佛陀、菩萨在日本救度众生时，比在中国更需要隐藏真身。其原因在于，中国人也信奉神，如伏羲、神农、西王母等，但毕竟只是少数，而日本拥有八百万神明，而且这些神明与民众的日常生活密不可分。佛教传入日本，佛陀、菩萨隐藏菩提之智慧光，化身成为本地八百万神明中的一员。这就是“本地垂迹”，亦称为“和光垂迹”。

前面谈到了佛教用语，所以此处顺带一提，有许多词原本出自中国的汉译佛典，在日本却形成了独有的含义和用法。“有顶天”就是一例，它是梵语 Bhavāgra（存在的最高形式）的汉译。最高存在者，即修行果位最高的神，能够登顶，自然心情不错，“兴高采烈、欢天喜地”也是理所当然的。但是汉语里却不用“有顶天”来形容欣喜若狂。

另外，“亿劫”一词也是如此，“劫”是佛教极大时限之时间单位，佛经中的解释是，一座方圆四十里的城池，密密麻麻铺满芥子，一百年取出一粒，直到城中芥子取之殆尽，一劫还没有结束。“亿劫”是“劫”的亿倍，表示无法衡量的无限长之时间。日语里，“亿劫”也表示“麻烦、慵懒”之意，但这种用法在汉语里是没有的。

在日本，得益于佛陀与菩萨的和光同尘，佛教深深扎根于民众内心，从中国借鉴过去的元素也淡化了许多。

泰斗

中国古代，人们认为泰山是天下第一高山。据现代技术的测算，泰山海拔 1524 米。比泰山高的山不胜枚举，如天山、昆仑山，随便一座山岭都要比泰山高。但是，泰山地处山东济南，周边地势平坦，泰山才显得鹤立鸡群。

祭天仪式往往选在陆地上海拔最高的地方。古时，皇帝登上泰山之巅，封土为坛以祭天，后在山脚扫地为墠以祭地（山川）。如前文所述，筑土为“封”，除地为“禅”，合称“封禅”，是天子祭拜天地的最盛大的仪式。

泰山的最高峰，名为“丈人峰”。关于此名由来，也是众说纷纭。一说“丈”即“杖”，因山峰形似拄杖老叟而得名。古时尊称老年男子为“丈人”，但不知从何时开始，词义发生了变化，“丈人”只用来称呼妻子的父亲。

唐玄宗时期（8 世纪），任命张说为封禅使。张说，因作品收录在《唐诗选》中而广为人知。张说的女婿郑镒本是九品官。按照规矩，封禅以后，自三公以下都能迁升一级。而官职最低的郑镒借丈人之权势，一下子升到五品官。唐玄宗见郑镒一下子升了几级，感到很奇怪，就问身边人："为何郑镒官升得如此之快？"黄幡绰调侃说："此泰山之力也。"后来，人们就把岳父称为泰山了。

古人把北斗七星看作天空的中心，《史记·天官书》中记载"斗为帝车，运于中央，临制四乡。分阴阳，建四时，均五行，移节度"。海拔最高的山是泰山，天空的中心是北斗，把二者结合就是"泰山北斗"，比喻德高望重，为众人所敬仰之人。"泰山北斗"的简称是"泰斗"，指某一领域的最高权威。

但是，并非各个行业的翘楚，都能被称为"泰斗"，这个词一般只用于学术界。例如，我们常常可以听到"英国文学的泰斗""外科医学的泰斗"这类表达，却很少有人夸赞某人是"拳击界的泰斗"或"落语界里的泰斗"。或许是因为泰斗一词给人一种庄重的感觉，所以更适合于学术界吧。

"泰山北斗"一词最早见于宋代欧阳修编撰的《新唐书》，在中唐政治家、文人韩愈的传记之后，欧阳修赞其道："自愈没，其言大行，学者仰之如泰山北斗云。"

韩愈（768—824），唐代古文运动的倡导者，是一位尊儒排佛的主战派文人。韩愈诗风奇崛险怪，文笔晦涩难懂，常被人拿来与同时代作品平易通俗、明白易懂的白居易做比较。因谏“迎佛骨”一事触碰宪宗逆鳞，韩愈被贬至广东潮州。可见其性格死板，严肃庄重。

泰山与北斗本身就给人一种高大而庄重之感，再加上最初的形容对象是刚正不阿、严肃认真的韩愈，因此，“泰斗”一词的适用范围才大大缩小了吧。

全胜不斗

“全胜”意为“完全胜利”，是让对手输得心服口服的胜利。那么，如何才能取得全胜呢?《孙子兵法》云:“善守者藏于九地之下，善攻者动于九天之上，故能自保而全胜也。”

九，是最大的一位数，极限之意。“藏于九地之下”，完美地隐藏己方的军事实力和布阵，让敌人摸不着头脑，这样敌人便无法进攻。即便攻击，也全然不知是否击中目标。

“动于九天之上”，跃上九天之际，从高空俯视、攻击敌人。从空中俯视，一目了然，攻击时，势如破竹。然而，《孙子兵法》中并未明示我们如何才能跃上九天。人类将飞机运用到战争之中，实现“动于九天之上”，已经是第一次世界大战的事情了。

兵法书虽然有很多可疑之处，但书中类似于猜谜的语言，可以促使我们在解读过程中迸发出许多新的想法和点子。

相传兵法书《六韬》由太公望所著。太公望，周国军师，辅佐武王消灭商纣，建立周朝。若其真实存在，那么他应该生活在公元前一千多年的甲骨文时代。

提起太公望，现在的日本人一般认为是“垂钓者”的别称。据说，本名叫吕尚，是周太公盼望已久的人才，故称“太公望”。相传太公望在渭水河畔垂钓，周文王[1]路过，与之进行了一番交谈，发现他是一位贤才，就将他纳为军师。

周文王大喜道：“从我国先君太公就说‘定有圣人来周，周会因此兴旺’，那位圣人就是您吧？”

周军在牧野大破商军，周夺得了天下。指挥这场生死攸关之战，帮助周获胜的正是太公望。因功勋卓著，被封为齐侯，定都于营丘（今山东临淄），成为姜氏齐国的缔造者、齐文化的创始人。

太公望是兴周灭商的大军师，因此后人在撰写兵法书时，总想假借其名吧。《六韬》这部书在《汉书·艺文志》中并无记载，该书名最早见于《三国志》的批注，所以成书时间再早也就是东汉时期，远比《孙子兵法》成书时间晚。《六韬》中有一句“全胜不斗”，所谓完全胜利是指不战而胜。

1　原书是“周武王”，译者改为“周文王”。——译者注派出军队，刀剑交锋，击败敌人，这不是“全胜”。实际上，《孙子兵法》中也有一句与其意思相同——“不战而屈人之兵，善之善者也。”

但是，如何才能不战而胜，没有一部兵法书记载了具体策略。即便是著名军师太公望，也是在牧野同商军交战而取胜的，因此牧野的胜利不是全胜。当然，或许太公望曾取得过全胜，只是史书上没有记载罢了。

丹青不争

“丹”，即红色，与“青（绿）”一样同为三原色之一。红与青（绿），颜色区别最大，谁都不会看错（红绿色盲者除外）。所以，交通信号灯从诞生之日起，就用红色表示停，青（绿）色表示行，这已经成为了世界上大多地方的惯例。

比喻事情清晰明了、不容分辨时，就可以使用成语“丹青之信”。例如，圣人所说的话不容置疑，就可以将其说成“犹如丹青”。从字形上看，“丹”字是“井”字中间加一点。据说，古时为了采集赤矿石，需要先钻井，在井底才能采集到一点矿石。此外，将多种矿物精炼、提纯，得到的合成药物，被称作“丹”。

许多药都以丹命名，如“万金丹”“仁丹”等，种类繁多。当然，以丹命名的药不仅限于矿物质成分。但是，古人相信，只有通过精炼矿物才能得到长生不老药。

古人认为，人参之类的植物性药物，或者是麝香、鹿茸之类的动物性药物，虽然都是名贵药材，但是不能使人长生不老。因为，植物会枯萎，动物即使再长寿也终有一死。以凋落、衰败之物为材料制成的药物，自然不会使人长生不老。因此，古人认为，以矿物为材料炼得的丹药才能使人长生不老。

此外，“丹青”也可以指代颜料，因此，画家又被称为“丹青手”。

19世纪初期，中国有一位画家叫汤贻汾。虽然他不是一流画家，却留下了许多卓越的画论，因此成名。他的文章中有这样一句——“丹青竞胜，反失山水之真容”[1]。一幅画中，红、青等颜色争相斗艳，反而画不出山水的真貌。的确如此，过于杂乱的画，观赏起来让人疲惫不堪，失掉兴致。

原色本身就非常显眼，若将多种显眼的颜色堆砌在一起的话，这样的作品一定会让人觉得缺少点什么。

“丹青之信”，换一种说法就是“黑白分明”。能够黑白分明地划清界限的，只有圣人之言或毕达哥拉斯定理（勾股

1　汤贻汾的《画筌览析》对笪重光的《画筌》进行了梳理和发挥。这句引语是笪重光在《画筌》中说的，估计汤贻汾在《画筌览析》中分析了这句话。——编者注

定理）之类吧。然而，我们在现实生活中过于想要“丹青竞胜”了，处处表现得棱角分明，让自己和他人都疲惫不堪，这样不是很无趣吗？

不求于模棱两可中苟且，但求找到温和恬静的“中间色”，从中获得一份平静，这是我等凡人的心愿吧。

藏巧于拙

“巧”与“拙”，是一对反义词。

成语一类的表达当中多用对比手法，例如，含有“巧”和“拙”的成语非常多。

《史记·货殖列传》中有云：“巧者有余，拙者不足。”“巧者”，指精明灵巧之人，“拙者”指愚钝笨拙之人。众所周知，日本封建时期，武士为表谦逊，往往自称为“拙者”。

假设A、B二人都有一百万日元，巧者A把这笔钱当作本金，做生意赚钱，或者放高利贷，或者投资股市、汇市，积累了大量的盈余。换言之，A做到了“巧者有余”。但是，拙者B将一百万全都用作生活费，不久就分文不剩。即使B也经商，因他愚钝无能，也会亏损。即使是投资股市、汇市，或者是下注赛马，最后也会赔个精光。B手头总是紧巴巴的，这就是上面提到的“拙者不足”。

《史记》的作者司马迁，显然是一位巧者，而非拙者。他在《史记·货殖列传》写道：“礼生于有而废于无。”

伦理道德是在富有的时候产生，在贫困的时候就遭废弃了。还有一种说法是：“仓廪实而知礼节，衣食足而知荣辱。”的确，当一个人处于饥饿状态时根本也顾不上什么礼节、风度了吧。想要达到富庶有余的状态，必须要精明灵巧。

然而，有的时候“拙”比“巧”的评价要更高，但这是有条件的。

“巧迟”与“拙速”也构成一组对比。工作认真负责，完成得也很出色，但是要花费很多时间，这叫“巧迟”。与之相反，工作迅速，但完成情况不好，这叫“拙速”。艺术领域推崇巧迟，但战场上却并非如此。《孙子兵法·作战篇》中说：“故兵闻拙速，未睹巧之久也。”城池设计得再精美，一旦施工迟缓，在完工之前敌军就已经兵临城下了。

含有“巧”和“拙”的成语中，最幽默滑稽的是前文写过的“巧妻常伴拙夫眠”，而最有韵味的当数“藏巧于拙”了，虽然精巧，但深藏不露，表现得十分笨拙。这句成语同“雄鹰藏其爪”有异曲同工之妙。

“藏巧于拙”出自有“处世《圣经》”之称的《菜根

谭》，之后还有一句“寓清于浊”。世人大多腐化堕落，唯有自己出淤泥而不染。但“寓清于浊”并不是教育人们去和世俗作对，而是告诫人们处事之道在于韬光养晦。

现在的社会生活越来越艰辛，低调的人更是寸步难行。“这个，如何？”世人总是绞尽脑汁，竭尽全力展示自己的独特之处。虽说现在是一个自我展示欲相互碰撞的时代，可是焦躁不安，一味地逞强，会让别人知悉自己的内心。禅家有一句话叫“弄巧成拙”。“藏巧于拙”与“弄巧成拙”这两则成语应该裱好挂在墙上，尤其是艺术家们，更要引以自戒。

青天霹雳

1974年，通过“椎名裁定”[1]，三木武夫当选日本自民党总裁和首相。当时，三木武夫使用“青天霹雳”一词表达了他对此事的震惊。

“霹雳”[2]二字，笔画较多，写法复杂，并且均表示“疾雷”——又急又响的雷之意。既然如此，不如只用一个字，或者为了便于理解，改为“晴天疾雷”也未尝不可。若“青天霹雳”自古就有且一直沿用至今的话，那确实不好随意更改。但实际上，它出自南宋诗人陆游的诗作，算起来至今最多只有八百多年的历史。

尽管如此，仍然不能改为“疾雷”，虽然写法麻烦，但

1　椎名裁定，指1974年日本内阁总理大臣田中角荣被迫下台后，自由民主党副总裁椎名悦三郎指定三木武夫为后继党总裁和首相。——译者注

2　日语写作“霹靂”。——译者注

不得不是“霹雳”。现代汉语中，此二字读作“pī lì”，但古时候读作“Pek Lek”，而日语中的发音更接近于后者。第一个字开头的“P”是一个爆破音，然后以强烈的辅音“K”为结尾，第二个字以“L”开头，同样以辅音“K”收尾。这两个字的发音，给人一种惊雷奔涌的感觉，让人心情舒畅，因此不能换成其他汉字。

陆游（1125—1209），号放翁，曾受宦官秦桧打压、迫害。他心地善良，同情弱者，在中国深受大家的喜爱。其作品饱含对南宋朝廷未来的忧虑，是一位伟大的爱国诗人。陆游曾作了一首题目很长的诗——《四日夜鸡未鸣起作》。这首诗的前半段是：“放翁病过秋，忽起作醉墨。正如久蛰龙，青天飞霹雳。”天未明，忽然起床，“区区疾病，能奈我何？”举杯畅饮，酩酊大醉之时提笔作诗，犹如久蛰洞穴的蛟龙一飞冲天那般，蕴藏着晴天打响雷的气势。

既然是“醉墨”，那或许不止小酌一杯就动笔。诗人久卧病床之上，忽然起身，定会觉得天旋地转吧。有人认为，诗人用“醉墨”一词诙谐地表达了这种感觉。

龙腾云起，虎啸风生。蛟龙腾空，风起云涌，雷声滚滚。晴朗的天空，顿时电闪雷鸣。

阴天打雷，不足为奇。但是，晴空万里却电闪雷鸣，的确稀奇。可想而知，突然当选自民党总裁的三木武夫，当时的心情正如“青天霹雳”一般无比震惊。

陆游不是晴天听雷之人，而是晴天响疾雷之人，所以他本人并不惊讶。相反，“听，怎么样？”陆游意气扬扬甚自得也。大吃一惊的是那些看客。

“椎名裁定”时，说“青天霹雳”的是三木武夫，却无人用“青天飞霹雳”形容指定三木为总裁的椎名悦三郎。从这个词的出处来看，后者的说法才是正确的。

“青天飞霹雳”的陆游，他的字一定是奔放、古怪、有特色的。对着惊讶的众人，陆游写下“一朝此翁死，千金求不得”，用此句给全诗收尾。“虽然我写的字稀奇古怪，待我死后可是千金难求啊！”由此可见，陆游风趣幽默，又傲慢不羁。

掣肘

最近，“加以掣肘”这个词已经不怎么说了。

也许是“当用汉字”的缘故，和“加以”相连的“掣”和“肘”二字，在语感上都不太好，导致该词渐废的吧。毕竟它和“加以制裁”“加以惩罚”等词语沾亲带故。

字典将“掣肘”解释为“从旁边干扰、妨碍行动自由”。按照这个意思理解没错，但从该词的词源来看，意思已发生了些许变化，它本是一个略显诙谐的词。只把其用于“妨碍”之意，实属可惜。

“掣”这个动词的意思是“压制”“牵拉”。抽签等时候会用到这个动词。

孔子在世时期，即公元前5世纪前后，鲁国有一个名为宓子贱的人，他是孔子晚年的弟子，曾侍奉鲁哀公。

作为孔子的出生地，鲁国具有很高的知名度。但鲁国实力并不强，是春秋时期的弱小国家。鲁国外有劲敌齐吴环伺，内有贵族三桓势强。孔子主张讨伐齐国，但鲁哀公并未采纳。为了抑制专横的三桓氏，他选择与越国结盟。可见，他是一位一个人瞎卖力气类型的君主。他希望一个人挑起鲁国的命运。因为疏远直言进谏之人，所以哀公身边聚集的都是阿谀奉承、利欲熏心之徒。

宓子贱受命担任亶父的长官。所谓亶父就是周之太王，但在这里是鲁国的一个地名。赴任之时，他向哀公借调了两名近臣一同前往。到了上任的地方，地方官员都来登门拜访。宓子贱命令两名近臣记下来访官员名单。但这二人一要提笔往木简、竹简上写时，宓子贱就在一旁拉扯、摇晃他们的胳膊，使得二人无法好好写字。

不仅如此，看到他们的字后宓子贱还训斥道："你们写的还叫字吗？"这二人自然是怒火中烧了。他们说道："放我们回去吧！"宓子贱则回答："快请回吧！"

哀公听了二位近臣的控诉后，陷入了沉思。哀公并非昏聩之君，之所以将宓子贱派往亶父，正是看中了他的才能。哀公希望宓子贱能够充分施展才能，放开手脚干出一番事业。而提出借调两名近臣的正是宓子贱本人。

"原来如此……"哀公解开了宓子贱设下的谜题。即便是能写善书之人，如果写字时旁边有人掣肘，那也会写不好字。

“请不要在旁边对我的工作指手画脚。”

这便是宓子贱的本意。茅塞顿开后，哀公派遣使者向宓子贱承诺了自由。据说宓子贱最终政绩斐然。

《孔子家语》等记有“掣肘”，但《吕氏春秋》中记为“掣摇其肘”。其意并非单纯的“妨碍”，而是“‘别碍手碍脚地干涉我’这样闪烁其词地妨碍”，含义略有不同。

病入膏肓

“二战”以前，入学考试中的给汉字注假名读音一题中经常会出现这个词。社会上把这个词说成“病入膏盲”。但仔细看的话，你会发现最后的字不是“盲”而是“肓”。亡字的下面不是“目”，而是“月”。正确读音应为“病入膏肓（huāng）”。

“肓”这个字不太常用，日语读作“コウ”。因为此字读音讹误已久，且广为流传，故“盲”大有“以假乱真”之势。但“坏心肠”的考官专挑这样的地方出题。

“膏”和“肓”都是指人体部位。心脏为人体最重要的器官，它的稍下方就是“膏”，再下面则是“肓”。肓下方是“鬲”，也就是横膈膜。这部分叫作“胸口”，古时候认为是药力所不能及之处。

疾病一旦侵入膏、肓便无法医治了。所以“病入膏肓”

常用来比喻束手无策、毫无办法。

此典故出自《左传》。

晋景公即位时，偏偏将恶人屠岸贾任命为司寇（相当于法务大臣）。

屠岸贾罗织不实之罪，将政敌赵同、赵括全族诛灭。赵同、赵括为当朝大夫。此后过了十几年，晋景公患病后噩梦缠身。梦中厉鬼一边说："而诛我子孙，乃不义也。故吾已请示天帝，前来索你性命！"一边向景公扑了过来。景公惊醒，遂传唤桑田一带名巫为其占卜。他将梦中情形一五一十地讲了出来。景公问道："那我该如何是好？"巫师摇头答道："您恐怕吃不到今年的新麦了。"

由于病情加重，景公请秦国名医医缓前来诊治。在医缓离秦尚未抵晋之际，景公又做了一个梦。他梦见疾病变成了两个小孩，正在交谈。

"这次来的可是天下名医，咱们恐怕在劫难逃了，该往哪里跑呢？"

"休要惊慌！只要我等躲到'肓'上、'膏'下，就算天下名医能奈我何？无妨，无妨……"

天下名医抵达后为景公诊治，他说道："此病不治矣。病在'肓'上'膏'下，既不可行针，药力亦不能及。"这个结果和梦里两个小儿（疾病的化身）的话如出一辙，景公钦佩地说：“此人果然名不虚传！”于是，以厚礼相待后送他回国了。

新麦成熟之时，景公仍在人世。他命庖人烹煮麦饭，并且召见曾预言他吃不到新麦就会死去的巫师。

“你也看到了，寡人活得好好的，还能吃上今年的新麦。你的预言不准，所以必须付出代价！”

于是，巫师被砍头了。

将要吃新麦的时候，景公突然觉得肚子发胀，便起身如厕，结果却失足坠入厕中死去。巫师的预言最终还是应验了。昏君的归宿在昏暗之处，这个结局如同“落语”打诨结尾的部分一样有趣。

塞翁失马，焉知非福

尽管文字相同，但在中日两国却有着不同的含义，这种情况并不少见。“人间”就是其中一例。在日语里，它读作“ningen”，是“智人”“人类”的意思。而汉语中“人间”却是“人世”“世间”“社会”之意。

所以，“人间万事塞翁马”[1]并非“总之，人类……”，应是“总之，世间……”才对。

日本人似乎总是倾向于将个人作为“复数”来处理。像“兵隊”（军队、士兵、军人）、“若衆”（少年、小伙）、“若党”（武士的年轻随从）这样的词，从字面上看肯定是复数的。而实际上，如果有谁说“‘兵隊’一人”也不会让人觉得奇怪。“人間”一词大概也是基于这种复数化偏好而产生的

1　日语为“人間万事塞翁が馬”，还可译为“塞翁失马焉知非福”。——译者注

吧。个人认为，此类用法乃是日本人重集体行动的一种心理反映。

塞，即边塞。用以抵御外敌的边塞一般设立于国境处。“塞”这个字本就含有“边境”“国境”之意。塞翁就是指住在国境一带的老者。

这个成语出自《淮南子》。

久居边境的老人中，有善术者。“术”即占卜。一天，这个老者的马不知为什么跑掉了，而且是跑到了国境另一侧。

“这可真是太不幸了！”

人们都来安慰他。

“没事的，或许还是一件好事呢！”老人回答说。

几个月后，跑丢的马带着游牧民族的骏马回来了。人们纷纷前来祝贺：“可喜可贺，可喜可贺！”

这位老者则说道：“也许这是个祸事呢！”

由于家中良马众多，老人的儿子对马着了迷，经常骑着马东游西逛。结果，他不小心落马摔断了大腿。

“令郎伤得不轻啊！真是太可怜了！”

来探望的人感叹不已，老者却说：“没准这是一件好事呢！”

一年以后，边境遭到大举入侵。年轻男子全都应召参军，举弓应战。特别是国境一带的战事最为惨烈，甚至达到了十去九不归的程度。但老人的儿子因为落马骨折、双腿行动不便而免于征召，所以因祸得福捡了一条命。

“故福之为祸，祸之为福，化不可极，深不可测也。”《淮南子》以此句结尾。

遇到好事不能高兴得忘乎所以，好事说不定会招来坏事。同样，遇到坏事也不要悲伤不已，因为坏事也可能变为好事。

祸福常常发生转换。战争时期，有人因病影响了晋升，但战后反而因此免于被开除公职。因为上司、同级别的人都被开除了，所以有的人一下子跃升成为头面人物。这样的例子并不少见。人生在世，不就是如此吗？

背水一战

“国士无双”在现代日本是麻将用语，它的原意是“天下无双的国士”（掌握国家命运的人）。能够配得上这种称号的要数汉朝开国元勋韩信了。

公元前 205 年，刘邦和项羽争夺天下。彼时刘汉一方形势不佳，诸侯离叛，倒向项楚。因此，汉须击溃诸侯。韩信领兵挂帅，先后讨魏攻赵。

赵国位于现在的河北省，是以邯郸为中心的一片区域。赵国名将广武君李左车、成安君陈余在井陉口聚集 20 万大军。韩信所率领汉军虽乘胜而来，但战线拉得太长，补给是明显的弱点。因此，广武君献策由小道切断汉军退路，已方坚守阵地，则汉军不攻自破。但成安君身为儒士，不喜使用阴谋诡计，主张“义军”要堂堂正正与敌交锋，否决了广武君之策。

成安君反驳称：“韩信称兵数万，实则数千。且千里行军，疲惫不堪。我军若坚守不战，他日大军来攻，奈何？且诸侯定欺我卑怯，竟相来袭。”

此战韩信背河布阵。从兵法上来讲，军队的布阵应为“右倍山陵，前左水泽”。

这是布阵的常识。即以山陵为右为后，以水泽为前为左。如若背水列阵，则等于无路可退。看到韩信的阵法后，赵军大笑不已，纷纷嘲笑敌方大将居然不晓基本兵法。

“一气荡平之！”

赵军轻敌，倾巢而攻。然而，这正中了韩信的下怀。这又是何缘故呢？原来赵军倾巢出动后，城防空虚。韩信提前准备了两千轻骑兵作为伏兵，他们乘机攻入赵军已如空城般的营垒，然后将赵国的旗帜尽数拔去，竖起了汉军的旗帜。

背水作战的汉军则十分英勇。这是因为他们已无路可退，不得不殊死奋战。赵军开始小瞧了敌人，所以有些放松警惕。待真正打起来才发现汉军实力强劲，难以一口吃下。因无法啃下眼前的硬骨头，赵军打算先退回城中再做打算。但定睛一看，城墙上已满是汉军旗帜。

“中计了，我们败了！”

赵军大乱，在汉军的夹击下被彻底击溃。成安君被斩杀，广武君被生擒。

取胜之后，汉军将领们向韩信请教。他们问道：“兵法上并无背水之阵，这到底是何战术啊？”韩信答道：“这也是兵法上有的，只是你们没注意到罢了。兵法上不是说‘陷之死地而后生，置之亡地而后存’吗？”

的确如此，《孙子兵法》中就记有“陷之死地然后生”。置军于死地，则势必拼死力战，反而会辟出一条生路。韩信将这个策略与出奇制胜相结合，运用到此次战役之中。如果二者只得其一，恐怕都不会如此成功吧。

狼子野心

从远古时代开始，狗就是人类的朋友。与狗相似的狼却是人类的敌人。狼与人关系不佳。凶恶的人常会被形容为“虎狼”。

“狼众食人，人众食狼。”

这句话出自东汉王充（27—101）所撰的《论衡》。因为是吃与被吃的关系，所以人与狼的关系势如水火。

如果从出生就开始喂养的话，狼崽能否被人类所驯服呢？可能刚开始时，狼崽会十分可爱，甚至还会黏人。那是因为它尚且年幼的缘故。狼的祖先一直居于山野，所以它的心仍在山野。狼是绝不会被人驯服的。

这里所说的“野心”并不是我们平时所说的“野心”，而是与“野性”更为接近的“野心”。我们平时所讲的“野心”是指与身份不相称的妄想、欲望。

“狼子虽幼，野性不失。”

这便是所谓的“狼子野心”。狼终归是狼，绝不会变成狗。

在《左传》中，该词被作为成语引用，可见很早以前就有人说了。同时也说明，从很早以前就常有好事者妄图驯化狼。

狗可以看家护院，是人类的好帮手。狼胜于狗，二者形状相似，但狼比狗厉害得多。如果狼能够被驯化，那应该对人类帮助更大，理论上可以成为“看家狼”。估计很多人都这样想过。

问题在于狼能否被人驯服。我想为了对生活有所帮助，一定有不少人曾尝试过驯狼。但这些尝试均无一例外地以失败而告终了。即便自幼投食喂养，一旦令狼去放羊，狼还是会把羊咬死吃掉。狼非但没帮上人类什么忙，反而成了祸害。估计还曾发生过一些狼咬死人的案例。

基于上述经验，“狼子野心”一词便应运而生了。该成语可以警示后人，所以它才会广为流传的吧。

龙生龙凤生凤，青蛙的孩子长多大也不会变成鱼。这则日本谚语“龙生龙凤生凤”更倾向于表达“子随父母”的含义。该谚语有着强烈的消极色彩，它的潜台词是说普通人的孩子终归是普通人，绝不会鲤鱼跳龙门成为伟人的。与此相比，“狼子野心”即便有狼崽子终归是狼的意思，更多是让人感到一种坚韧。人类很“狡猾”，但狼不会被这些小花招所左右，因为它的野性根植于血脉之中。

如果站在人类的角度来看，或许人类会说：“千辛万苦把你养大，怎么就不知道知恩图报呢？”但是，这是人类想利用狼的企图，与狼又有何干？狼躺卧后的草会被压得乱七八糟，所以人们用“狼藉”来形容事物杂乱不堪状。可对狼来说，它们并没有必要让草保持井然有序的状态。

狼崽还是狼，狮崽还是狮，虎崽还是虎。把野性还给它们就是它们的幸福，把它们当成宠物饲养简直是乱弹琴。

烧尾宴

中国有这样一句成语——“燃眉之急”，形容事态万分紧急，像火烧眉毛一样。而日语里说“火烧屁股”，比起皮下脂肪丰富的屁股，火烧眉毛可就严重太多了。

日语里“焦尾”一词与“焦眉”同音，但“焦尾”并不是火烧屁股之意。

人们相信动物的尾巴里寄宿着某种灵力，这点在“小狐濡尾”那一篇也提到过。哺乳动物都有尾巴，唯独人类例外。人类无法做到但动物能够做到，那一定归功于尾巴里的灵力。反之，以动物的视角来看，人类之所以能够做到它们做不到的事，是因为人类没有尾巴。有无尾巴是区分人与其他动物的重要标准。

据说，狐或狸即使化身成人也藏不住尾巴。与狐、狸不同，身为百兽之王的老虎，化身为人时会杜绝此类疏忽，化身之前就将自己的尾巴烧掉了。

唐代，士子登科或初入仕途时，设宴招待前来恭贺的亲朋好友，此宴会名为“烧尾宴”，庆祝其从庶民晋升为士大夫阶层。在崇尚官尊民卑的时代，官员与庶民的身份大相径庭，就像竹林里的猛虎修炼成人了一样。老虎化身成人之前要烧掉尾巴，同样，初登官场之人也必须烧掉尾巴，才能成为其中一员。因此，庆祝士人新官上任的宴会就被称为“烧尾宴”。

除了猛虎变人一说，关于烧尾宴的由来，还有另外一种比较权威的说法。

羊是群居动物，而且有很强的集体意识。当新成员加入时，羊群就会表现出很强的排斥。新成员被视为“异己”，会受到羊群的排挤和欺凌，要耗费相当长的时间才能融入羊群，不，或许永远都不会被接受。有的羊饱受欺凌，骨瘦如柴，最终孤苦死去。

“异己”的气味似乎是从羊的尾巴散发出来的，因此人们相信，将新成员的尾巴烧掉的话，就会消除“异己”的气味，那么就可以顺利融入新集体了。

官场与羊群一样，对不熟悉的新人也会表现出排斥反应。新人登第之前，需要尽力削弱身上“异己”的气味。宴请宾客正是心存这样的祈愿，故被称为“烧尾宴”。

不论是虎说还是羊说，讲的都是要踏入一个新的世界，不能保留原来的尾巴，要有脱胎换骨的觉悟。烧尾宴象征着与过去挥手告别，是一种送别宴。

唐代常有记载，某人晋升为三品以上大员或左迁后得以官复原职，皇帝则下令命其“烧尾”。当然，这里的“烧尾”不是烧掉尾巴，而是举办烧尾宴之意。

不入虎穴，焉得虎子

这句谚语比较容易理解。

不冒风险，就无法得到珍贵的宝物。正所谓“天上不会掉馅饼”。当然也存在“有福不用忙”这种谚语，但这总归是坐享其成。

东汉时期的班超（32—102）出生于一个书香世家。其父班彪为司马迁的《史记》作《后传》，其兄班固继承父业，完成史学巨著《汉书》。班固修撰了全书的绝大部分，未完成的部分是其妹班昭续写的。

班家虽然文化底蕴深厚，但家境贫寒。班超欲求富贵赡养母亲。然而不登仕途难求富贵，只靠为官府抄写文书，永无翻身之日。年过四十，班超投笔从戎，他认为建立战功是出人头地的捷径。

永平十六年（73 年），班超出使西域鄯善国。鄯善国，是做过汉朝人质的楼兰王子返回西域后建立的，既归顺于汉朝，又臣服于匈奴。因为是一个小国，所以不得不对大国言听计从。班超初到时，鄯善王对班超等人礼敬备致。后来突然待遇变了，食物不似以前可口，侍奉也不再无微不至。

“此必有北虏使来。”

班超明察秋毫，问出了匈奴使节团的所在，他率领 36 个壮士前去袭击。放火烧死了整个匈奴使节团，将鄯善国完全收附于东汉的统治。

发动袭击之前，在酒席上，班超对壮士们说道：“如今鄯善收吾属送匈奴，骸骨长为豺狼食矣。”

接着他说出了这句名言——“不入虎穴，焉得虎子。”

壮士们深以为然，不顾对方人数数倍于己方，奋起突入虎穴——匈奴使节团的帐篷。

文笔工作虽然收入微薄，但也算安稳。人到中年，弃笔从戎，班超做出的选择可谓“深入虎穴”。班超出使西域三十载，官至西域都护，封定远侯。班家一举成为名门望族。

俸禄增多，赏赐不断，毫无疑问班家富贵起来了。班超深入虎穴，完美地收获了“虎子”。

虎子，在这句谚语里是珍宝的象征，大概因为虎皮十分昂贵吧。老虎被称为“山林之君”，当时中国还没有狮子，老虎就是百兽之王。“狐假虎威”的故事出自《战国策》，如此来看，老虎是令人恐惧的，同时也是威风凛凛的。

虎穴，危险之地，同样“虎口”也可以形容危险的场所，如“虎口脱险”等。

另外，也可以用“若蹈虎尾”来形容冒险。笔者记得，很久之前黑泽明将能乐[1]《安宅》改编成电影时，就将其命名为《踩虎尾的男人》。

1　能乐，在日语里意为“有情节的艺能”，是最具有代表性的日本传统艺术形式之一。能乐原来是一种宗教仪式，具有700多年的历史，穿戴日本传统服饰的表演者为了掩饰自己的表情，戴上面具或者无表情地表演情趣盎然的传统舞蹈。——译者注

曲学阿世

公元前2世纪，有一位儒生叫辕固（又名辕固生），他精通《诗经》，汉景帝时（前157—前141年在位）为博士。正如《史记》中所记载，汉初的博士只是一个凑数的官职，并无高升之人。时值汉朝初立，立过战功之人掌权得势自不必说。

汉景帝的母亲窦太后出身卑微，曾以“家人子”身份入宫伺候吕后。因宫中侍者人数太多，朝廷进行人员调整，她被赐予代王。代王是汉高祖刘邦第四子，但并非吕后所生，自幼被分封到偏僻边境。然而，当长安动荡，皇族血统无以为继时，代王被迎入京城即位，是为汉文帝。因人员调整被赐予代王的窦氏诞下皇子，成为正室，被立为皇后。文帝去世后，其子景帝即位，窦氏尊为皇太后，手握大权。

窦太后喜欢老子之言，不喜欢儒学。一日，太后召见辕固生，向其问《老子》。博士官，又名“待问”，他们掌管书籍文典、通晓史事，答疑解惑是其本职。

辕固生答道：“此家人言矣。”

他明知窦太后推崇《老子》，却依然坚持己见，大概心里已经做好招致太后大怒的准备了。景帝时期，刑罚大多残忍，时人皆畏惧受刑。然而辕固生并没有因此改变自己的信念，而是坦率地说出内心的想法。

听闻其回答，窦太后勃然大怒。辕固生说“家人言”，而太后正是家人出身，便认为辕固生在讥讽自己。

“如此尖牙利舌，何不下栏斗猪。你到圈里与野猪决斗吧！”

太后下令将辕固生关入野猪圈内，想要看看这位狂妄自大的儒生与野猪决斗时会生出什么洋相。然而景帝却认为辕固生坚持己见、直言不讳并没有过错，于是赐他一把锋利的刀。

辕固生一击便刺中野猪心脏，将其杀死。太后无语，没理由再治他的罪，只得作罢。

景帝赏识辕固生廉洁正直的为人，任命他为儿子清河王刘承的太傅，但辕固生任职不久就因病辞职了。刘承也于12岁时夭折。

汉武帝（前141—前87年在位）即位初期，再次征召辕固生入朝。因武帝好儒学，此时儒家学者的社会地位蒸蒸日上，在政治舞台上也开始发挥重要作用。那些靠阿谀奉承攀上高位的儒生们对直言不讳的辕固生多有忌妒诋毁之语，说："辕固生老了。"此时的辕固生确实已九十有余，也就被武帝罢官遣归了。

与辕固生一同被征召的还有后来晋升为宰相的公孙弘，辕固生对他说："公孙子，务正学以言，无曲学以阿世！"

这就是"曲学阿世"的出处。

儒学兴盛，腐败滋生，《史记》中用"谀儒"来称呼谄媚的儒生。官至宰相的公孙弘，没有听取前辈的忠告，一直在"曲学阿世"。

鸡肋

鸡，是最贴近人类生活的鸟类，虽然生有翅膀却不会飞，这大概是人类长期驯化导致的。人们吃其肉，食其蛋，甚至把鸡鸣声当作天然的闹钟。日本神话中，天照大神躲入天岩户后，天昏地暗，于是鸡被召集到一起，用来报时。

日本关西地区把鸡肉叫作“カシワ”，但这种叫法在关东地区并不通用。剔下的鸡骨头也可以用来熬制高汤。此外，中华料理中还食用凤爪，而且还是一道名菜。

鸡肋，即鸡的肋骨。

建安二十四年（219年）三月，也就是大家熟知的三国时期，曹操和刘备曾于汉中一战。曹军兵至阳平，刘备据守要隘。曹军几番苦战，仍未攻破防线。此役曹军损失惨重。五月，曹操放弃进攻，率军返回长安。

撤军前，曹操曾传令：“鸡肋！”

众人皆不知所谓，只有行军主簿杨修立即收拾行装，准备归程。僚友问其何故，杨修解释道：

“夫鸡肋，弃之如可惜，食之无所得，以比汉中，知王欲还也。”(《三国志·魏书·武帝纪》)

果然，曹操有意撤兵。

杨修能从细微的线索中立即领悟全局，然而，杨修这等人才却遭到曹操的厌恶。

杨修出身名门，是东汉建国功臣杨震的玄孙，同时他还是曹操早期仇敌袁术的外甥。此外，杨修与曹操之子曹植关系甚好。曹植是一位优秀的诗人，但他不可避免地卷入与兄长曹丕（后为魏文帝）的立嗣之争。

汉中之战这年，曹操下令杀了杨修。的确，杨修才华横溢、足智多谋，但是放任其不管，恐怕立嗣之争加剧，使曹家霸业功亏一篑。即便领悟“鸡肋”之意，还是装作不懂更加明智。如此一来，曹操便会安心，认定他不能成大事。杨修也可免于丧命。智力超群的名人，要多加注意才好。

明代张鼎，为太常博士，自称“自在先生”。然而，他将“鸡肋”误用为“鸡肘”，时人讥称张鼎为“鸡肘博士”。形容不学无术，一知半解。

宋代出版了一本书，名为《鸡肋集》或《鸡肋篇》。命名“鸡肋”，正是作者谦卑之举。自觉文章难登大雅之堂，但弃之殊为可惜，盼望能给读者带去哪怕一丝帮助。虽然如此命名，但或许作者对自己的作品充满自信，心中暗想：“非但不是鸡肋，此书内容可是相当丰富啊。”

画龙点睛

能工巧匠身上往往都流传着一些超现实的逸闻趣事，大概是后人对他们的成就充满敬畏而编造出的故事吧。比如某位画家笔下的动物竟然活了，诸如此类，不绝于耳。不仅绘画，雕刻也是如此。日本传说中的建筑雕刻家左甚五郎，他的那些逸闻趣事就是后人编造出来的吧。

张僧繇是中国南朝时期梁朝大臣，历任地方长官、将军，同时也是一位画家。梁是中国6世纪前半叶的一个王朝，那时日本的大和王朝尚未建立，因此日本并没有留下出自他手的作品。

梁武帝是一位著名的佛教信徒，甚至世间流传他曾向达摩祖师问法。梁武帝严守戒律，有“皇帝菩萨”之称。南朝时期，南海航线已开。大约一百年前，东晋僧人法显从印度锡兰岛经海路回到中国。南朝时期，佛教经南海传入，而非西域，所以6世纪前半叶的佛教受印度的直接影响非常之大。

印度的佛教艺术随佛教一同传入中国。张僧繇采用了印度的绘画技法，利用明暗表现立体感。南京一乘寺中有其画作，所以这座寺又被称为“凹凸寺”。他的作品展现了当时中国绘画中还没有的立体感，给人们带来了很大的视觉冲击。

张僧繇在南京安乐寺的墙壁上画了四条龙，但都没有画上眼睛。

有人问他：“为什么没有画眼睛呢？”

他回答：“画上眼睛，龙就会飞走。”

人们不信，都以为他在信口开河。张僧繇只好提起笔来，轻轻一点，只见雷鸣电闪，一条巨龙冲破墙壁，腾云驾雾，凌空而起，飞向天空。而没有画上眼睛的那三条龙，依然留在墙壁上。

不管龙画得多么精湛，只要没有画上眼睛，它就是死的，可以说眼睛就是“精神”。无论多么形似，没有“精神”的话，都不能算是名作。

那么，眼睛，也就是精神，到底是什么呢？这个问题很难回答。不过正因为无法用语言来阐述，才称之为精神。

我曾担任“新人奖”的评审委员，读了很多新人的小说。有的作品，不，是大部分作品，虽然写得很好，但总觉得少点什么。其实那些作品缺少的正是“点睛”之笔。虽然只是欠了那么一点点火候，但要弥补，绝非易事。

工作不遗余力、认认真真，可是所做之物却如同没有点睛的龙。此等憾事，世上何其多也。

欠缺关键点的作品或工作，就像是“画龙而未点睛”一样，令人遗憾。

顺带一提，当时的评论家对张僧繇的作品评价并不高，认为其作品缺乏灵气、不合常理。也许这就是大胆采用新手法之人的宿命吧。

虎视眈眈

《易经》是中国古代占卜的经典著作。始于公元前1600年前后的殷王朝，在施政时，先烧灼兽骨和龟甲，再根据裂纹形状进行占卜。为了记载占卜结果，创造了汉字的始祖——“甲骨文”。推翻殷王朝的周王朝，从公元前12世纪延续到前3世纪，在决定国家大事时采用筮卜替代龟卜。《易经》就是一部记录如何判定筮卜结果的书籍。

六十四卦中有“颐”卦。就是䷚，形如张开之口。

上下颌之间有齿状物，张开之口象征吃饭自养。从国家角度来看，就是颐养天下，使国民安居乐业。

“颠颐，吉。虎视眈眈，其欲逐逐，无咎。”

颠，颠倒，即“相反”之意。

一国之君该如何养民呢？答案是“让民供养”。因此，此卦象一出，将行政之权授予下属便可。当然，全权授权要择贤选能。但此法亦有弊端，上位者即一国之君恐遭架空，甚至是被下属篡权夺位。

那么，如何防范上述弊端呢？答案就是“虎视眈眈”。

“眈”，注视之意。虎威与生俱来，即使老虎不咆哮，不呲牙，单单恶狠狠地盯着，便足以令百兽震惶，不敢造次。虽然被委以重任，但下属会自我提升，不敢胡来，因为上面始终有“老虎”在盯着。

“虎视眈眈地盯着社长之位。”

虽然有人这样使用，但从词源来看，此用法是不合适的。不是副社长或专务盯着社长之位，而是掌握实权的会长始终在上面监视着下属。这才是“虎视眈眈”的正确用法。

国君对下属一边委以重任一边严密监视，下属之欲“逐逐”（一个一个接踵而至）。例如，粮食问题得到解决后，接下来是住宅，然后是这些的改善问题，如此这般，诸欲得到满足，无咎。所以说此卦象很好。

出此卦象时，国君授权于能臣，但要防止被下属架空。不能因为有了闲暇时间，就沉湎酒色或终日游山玩水，动辄出国旅游、打高尔夫球。会长也应该时常去公司露个面，用敏锐的目光审视自己的员工。功成名就之人对后继者持的是培养的态度，所以审视的目光虽然敏锐，但绝非粗俗或不祥。

而后来的“虎视眈眈”则加入了“不能麻痹大意”“强烈的”等语感。

另一种说法是“眈”即“耽”，老虎垂下双耳的样子。据说老虎在纵身跃起之前会垂下双耳。不管哪种说法，老虎都是蓄势待发，不知何时会发动攻击。

因此，上司无论是“眈”还是“耽”，都会让下属惶恐不安。

一衣带水

在谈及中日友好时，经常会用到“一衣带水”一词。大多数人发音时，会在“一衣”和“带水”之间稍作停顿。其实，在“一”的后面停顿才是正确的，即“一、衣带水”。

“衣带”指和服上的带子。衣带宽的一条河算不了什么，不会阻挡人们前行。河水“一步就可跨越”，但词义重点在于“想要一步跨越”这种强烈的意愿。

隋朝创始人隋文帝杨竖成功统一南北，结束了长达四百多年的分裂。不得不说，隋文帝实现了统一国家的民族夙愿，成就了一番伟业。然而，这样的英雄人物也不是十全十美的，隋文帝弃用能臣，结果给了恶党可乘之机，最终导致隋王朝短命而亡。

隋文帝是北朝皇帝，建都于长安。而南朝是陈，建都于南京。一开始，隋文帝采取了与陈王朝和平共处的政策，防备北方的突厥。而那时陈王朝的皇帝是有名的花花公子陈叔宝，他导致了南朝的灭亡，死后没有得到庙号（如“太宗”“文宗”等谥号），史书上称其为陈后主。

皇帝终日花天酒地，黎民百姓苦不堪言。虽然江南土地肥沃，但是陈后主荒淫无度，黎民百姓度日如年。

于是，北方的隋王朝借口解救南陈百姓于水火，起兵南征，灭了南陈，统一了中国。

横在南征隋军面前的一个巨大障碍就是长江（扬子江）。这条大河作为天然屏障，让南方政权幸存多年。对于北方政权来说，正是这条大河阻碍了南征的步伐。然而，隋文帝却称其为“只是一条带子一样宽的水”。

——我是人民的父母。不能仅仅因为一条带子一样宽的水而坐视不管，任凭南方人民受苦受难。

横渡长江绝非易事，但是为了拯救痛苦中的人民，必须跨越这道屏障。最终隋军横渡长江，完成了统一大业。

中国和日本隔海相邻，宽广的大海远远超过了长江，但是没有阻碍两国之间的文化交流。为了两国人民的友好交流，我们必须将这片大海视为“一衣带水”。

隋文帝并不是轻视长江而将其说成一衣带水的。他深知统一大业的困难，虽然很难，但必须要做。尽管长江不是一衣带水，但必须视其为一衣带水。

这个成语的出处是南北统一的国内问题，但也同样适用于友好和平的国际问题。

“一衣带水”不仅仅是“相邻”之意，更包含了“与邻为善”之意，这点在成语出处《南史》和《陈书》中清晰可见。

善始善终

《易经》六十四卦中，䷎被称为“地山谦”。内高外低，空谷藏玉之象。这就是谦。卦意为：“亨，君子有终，吉。”

谦虚、谦逊、谦让是美德，有此品德，在社会上就会亨通无阻。“善终”也就是“完美收尾”之意。不消说，这是“吉”。

做事情时完美收尾很关键。当然开始也很重要，但如果没有收尾的话就无济于事。完美收尾就是“善始善终”。

君子，一般会完美收尾。不，在事业和人生中只有能够完美收尾的人，才有资格被称为“君子”。

“善终”绝非易事，如果容易的话，那么世人皆是君子了。君子，罕有之人。《诗经·大雅》中说“靡不有初，鲜克有终”。“靡”，无、没有，和“不”构成双重否定，表示“有”的意思。意思是没有不能善始的，可惜很少有能善终的。

不论是什么工作，一般最初都有努力下去的意志。因此，开始阶段都充满热情，创业激情，鼓舞人心。国家亦如此，建国或革命初期，意气风发、充满干劲，如推土机般碾碎一切复杂问题。然而，克服困难的意志会渐渐薄弱，无法解决的问题逐渐增多，有时会产生畏难情绪，甚至敷衍了事。其实，就是中途放弃，没有完美收尾。

《诗经》中的句子唱诵的是导致殷商灭亡的纣王，作为前所未有的暴君，执政之初也没有那么坏。出现奸臣后，君主才腐化变质。变质的君主固然恶毒，但最初他也是有机会成为一代明君的。

人坐在权力宝座上，就会有迷失的时候吧，手握大权后变得傲慢无理，认为一切都是理所应当的，但如同在黑暗之中大步流星一般，很快就会被巨石绊倒，或失足跌落悬崖吧。

《易经》的卦象含义颇深。它告诉我们，善始善终的秘诀就是“谦”。

即使地位升高也不要骄傲，保持低姿态就会看清事物，不会被路上的石头绊倒，更不会跌落悬崖，这样就会善始善终。

很久以前，就有许多学者认为《易经》六十四卦中“地山谦”是最吉利的卦象。